徳間文庫

人情刑事・道原伝吉

信州・塩尻峠殺人事件

梓　林太郎

徳間書店

目次

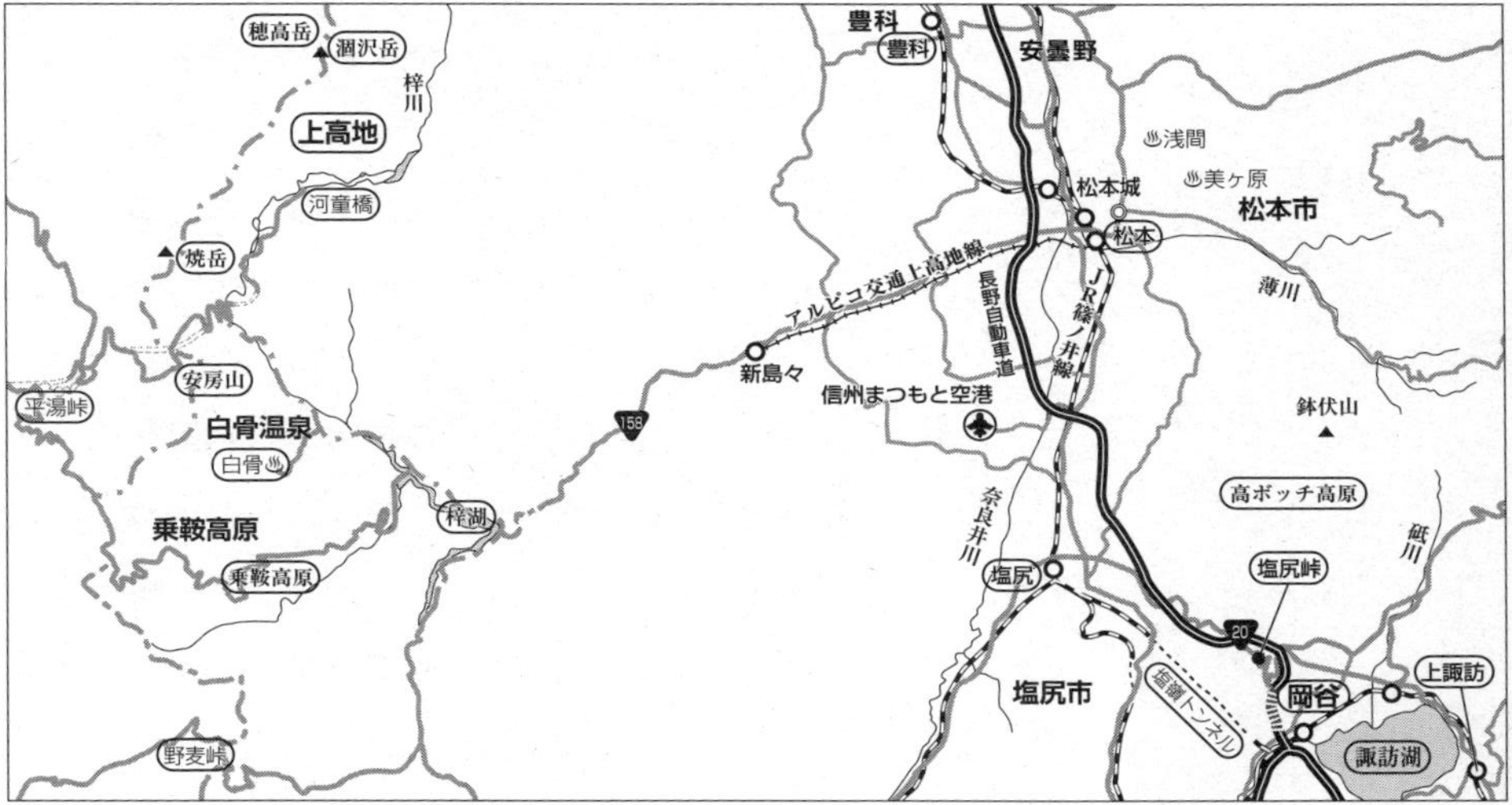

穂高岳
涸沢岳
梓川
上高地
河童橋
焼岳
安房山
平湯峠
白骨温泉
白骨
乗鞍高原
乗鞍高原
野麦峠
梓湖
158
新島々
アルピコ交通上高地線
長野自動車道
JR篠ノ井線
信州まつもと空港
奈良井川
塩尻
塩尻市
塩嶺トンネル
豊科
豊科
安曇野
浅間
美ヶ原
松本城
松本
松本市
薄川
鉢伏山
高ボッチ高原
砥川
塩尻峠
20
岡谷
上諏訪
諏訪湖

第一章　夏の終り

1

昼すぎになって風がぴたりとやんだ。窓ガラスをこすっていたクロモジの枝が少しも動かなくなった。空はどんより曇ってきて、雲も動いていなかった。昼食を摂《と》りながらきいたラジオの気象情報だと、午後は気温が三十四度ぐらいになるということだった。

「早く掛けろ」

刑事の道原伝吉《みちはらでんきち》は、横の席で電話機に手をかけながら目を瞑《つむ》っている吉村夕輔《よしむらゆうすけ》に催促した。吉村は電話の相手になんていおうかを考えているらしい。

吉村は額にあてていた手で、電話のボタンを押した。

呼び出し音は四、五回鳴って相手が応じたようだ。道原は副線の受話器を耳にあてた。

「麻倉《あさくら》さんのお宅ですか」

吉村の話し掛けかたは、まるで電話に不慣れな者のようだ。

「はい。麻倉です」

女性の声はかなりの年配のようだ。

「麻倉光信《みつのぶ》さんのお宅ですね」

「そうですが」

「こちらは松本警察署ですが、光信さんは、どちらかへお出掛けですか」

「光信は、登山に出掛けております。警察が、なにか……」

女性の声は少しかすれた。

「申し上げにくいことですが」

吉村はそこで言葉を途切らせた。

「えっ。なんでしょう」

「松本市の小宮《こみや》というところの、農家の離れ屋から、麻倉光信さんの運転免許証を身に付けている男性が、ご遺体で発見されました。ポケットに小型ノートが入っていて、それには氏名と住所と電話番号が書いてありました。それで……」

「ご遺体って、死んでいるっていうことですか」

女性は震えはじめたようだ。

「お気の毒ですが、そういうことです。あなたは光信さんの……」

「わたしは、光信の母親です。どうして、光信が、そんなところで。……死んでいるのは、ほんとうに光信なんですか」

母親は、生気を取りもどしたようだ。

吉村は少し落着いてきて、光信の母親だといった人の名を尋ねた。

「和歌子《わかこ》です」

彼女は名前の字を教えた。

電話を道原が代わった。

「光信さんは登山に出掛けたということですが、それは何日ですか」

「おとといでした」

八月二十八日だ。誰とどこへ登るといっていたかを道原はきいた。

「さあ、わたしは詳しいことを知りません。光信の家内はきいていたと思います」

光信の妻は綾音《あやね》といって、塩尻《しおじり》市広丘《ひろおか》の広岡ナイツという会社に勤めているという。

広岡ナイツは、国内トップの病院向け臨床検査機器メーカーで、従業員は約七百人。

道原と吉村は、一年ぐらい前にある事件の参考人に会うために訪ねたことがあった会社だ。

「麻倉光信さんと思われるご遺体は、死因などを精《くわ》しく検《しら》べるために、信州大学の法医学教室へ移されることになっています。お母さんと奥さんは、大学へいってくださ い」

和歌子は、「ほんとうに光信だろうか」とつぶやきながら電話を切った。彼女は、光信の妻の綾音が勤めている会社へ電話を入れるだろう。


男性遺体発見の経緯はこうである。

松本市小宮の農家の主人である向井誠市《むかいせいいち》は、母屋から二十メートルほどの離れ屋を借りたいという人がいるので、破損個所がないかを見るためにそこへ入ろうとした。入口のドアには鍵《かぎ》を掛けてあるが、その鍵を何者かが壊したらしいことに気が付いた。バールのような物でこじ開けたらしい跡があった。物を盗もうとして入った者がいたのか。それとも野宿をしていた者が、畳の上で眠りたくなって侵入したのかと疑い、「油断もスキもならない」などと顔をしかめていいながら、玄関のたたきを踏んだ。

と、それまで嗅いだことのないような微かな臭いを感じて、鼻をひくひくさせて首をかしげた。

　ふすまを開けたとたんに彼はのけ反った。紺色の半袖シャツにジーパンを穿《は》き、白いスニーカーの男が、天井をにらむように目を見開いていた。紫色の顔を見て、向井は、「死んでいる」と判断した。腰を抜かしたが、這《は》うようにして外へ出、両手を泳ぐように動かして母屋へ入った。妻の待子《まちこ》が出てきて、「どうしたの。なにがあったの」ときいたが、彼は答えず、飛びかかるように電話をつかんで、一一〇番通報した。

　電話に応じた警官は、なにがあったのかをきいたが答えられず、ただ、「うちの離れで人が死んでいる」とだけいった。

「死んでいるって、分かったんですか」

　警官はきいた。

「分かったんだ。目をむいているし、動かない」

「血でも流しているんですか」

「そんなこと、分かるか。ひと目見ただけで、死んでいるって。早くきて、なんとかしてください」

　向井は取り乱した。

緊急指令を受けた道原と吉村は、パトカーのあとを車で追った。

畑のなかの向井家は立派な二階屋で、広い庭には白と茶色の二匹の犬がいた。二匹とも吠《ほ》えなかった。白壁の蔵があり、農機具を置いているらしい小屋もあった。警察車両は小草の生えた農道へとめ、捜査員は五十半ばの向井が指差している平屋の離れ屋へ走った。

四十歳見当の男は仰向《あおむ》いて、石に化けたように動かなかった。道原たちは仰向いている男を上からも横からも観察した。どこからも血を流しておらず首にも異状は認められなかった。からだの具合でも悪くなって、この離れ屋のドアをこじ開けて横になったが、そのまま息を引き取ったということなのか。死亡している男の頬はふっくらとまるいし、栄養状態は悪くはなさそうに見えた。が、顔色はどす黒い。

「なにかのクスリでも飲んだのかな」

検視官が低声でいった。

写真撮影してから死体を動かした。ズボンの両方の尻ポケットがふくらんでいた。左のポケットには空の財布があり、右のほうには運転免許証と小型ノートが入っていた。ズボンの前のポケットには小銭入れと車のキーが入っていたが、小銭入れにも現金は入っていなかった。

遺体は詳細に検査することから、信州大学法医学教室解剖室へ移された。

遺体の身長は一七六センチ、体重六三キロ程度。

解剖用ベッドへ横たえられた遺体に近づいた教授は、「叩《たた》かれたのかな。撲殺だろう」といって唇を摘まんだ。血の固まりが見えた。腹か背中を強打されて血を吐いたにちがいないという。

裸にすると、胸、腹部、背中に殴打をあびた紫色の痕跡《こんせき》が鮮明に残っていた。

運転免許証とノートは死者本人の物だろうということになって、刑事に渡された。

刑事の連絡によって大学へ駆けつけたのは、松本市女鳥羽《めとば》の麻倉光信の妻と母。二人は霊安室のベッドに仰臥《ぎょうが》している男を見ると目をふさぎ、手で口をふさいで棒のように立ちすくんだ。声も出せないといっているようだった。

二人によって、遺体は麻倉光信、四十二歳と確認。

死亡したのは八月二十八日の午前九時ごろと推定された。

光信の妻綾音は三十九歳。母の和歌子は六十四歳だと二人は答えた。

道原は二人を署に招いて、あらためて悔みを述べ、ソファにすわらせると、家族は何人かと綾音にきいた。

「義父《ちち》がおりますが、十日ほど前から、市内の生沢《いくさわ》病院に入院しております」

義父は貫三郎《かんざぶろう》といって六十六歳。高血圧と心臓に疾患があるのだと綾音がいった。和歌子は小さな花を散らしたハンカチを口にあてて下を向いていた。

光信と綾音の夫婦には子どもがいなかったという。

「山へ登るといって家を出た人が、殺害された。どこで事件に遭ったのかを目下調べています。光信さんのズボンのポケットには財布が入っていましたが、現金は入っていませんでした」

道原は綾音の蒼《あお》ざめた顔にいった。

「主人は車で、おとといの朝、七時ごろ出掛けました」

八月二十八日だ。

「どこへ登ることにしていたかを、奥さんには話しましたか」

「穂高《ほたか》といっただけで、詳しくはきいていません」

「単独ですか。それともだれかと一緒に」

「さあそれも……。毎年、何度も登山をしていました。どこへ登るのかを詳しくきいていませんでした。一緒に登る人はいたようですが、それがだれかをわたしは知りません」

綾音は目を伏せて答えた。

一緒に登る人がいたなら、麻倉が集合場所に着かないと連絡してくるはずではないか。

八月二十八日は土曜だ。会社は休みか、と道原は綾音にきいた。

「休みでした。ずっと家にいましたけど、どなたからも電話はありませんでした」

綾音は同意を求めるように和歌子に顔を向けた。和歌子は首を横に振った。

「光信さんは、小宮の向井さんという家の離れ屋で発見されましたが、向井さんとは知り合いでしたか」

「いいえ。知らないお宅だったと思います」

光信は穂高へ登るつもりだったとしたら、車を沢渡《さわんど》の駐車場へ入れておいただろう。そこから上高地《かみこうち》まではシャトルバスかタクシーだ。駐車場へ車を置いてから何者かに襲われたのだろうか。沢渡には旅館もあるし、バスを待つ人たちが何人もいたはずだ。そういう場所で人を叩き殺した者がいたとは考えられない。

道原たちは、麻倉光信が乗っていた車をさがすことにした。

「光信さんは、どこかへお勤めをしていた方ですか」

道原は、綾音と和歌子の顔を見てきいた。

「主人は、大名町《だいみょうちょう》通りで、アサクラという洋品店をやっていました。おもに輸入品を扱っている店です」

その店には女性店員が二人いるという。麻倉が不在でも店の営業には差しさわりがないので、きょうも店は開いているし、従業員は二人とも出勤している、と綾音がいった。

「普段、光信さんは店へ出ていたんですね」

「はい、責任者ですので。わたしも土曜か日曜に店へ出ることがありました。主人は商品の仕入れに、あちらこちらへ」

「おもにどちらへ出張なさっていましたか」

「おもに東京ですが、大阪や神戸《こうべ》へもいっていました」

アサクラの取引先を、知っているかときいた。

綾音は首をかしげたが、主要取引先だといって、東京と京都と神戸の会社名を挙げた。

東京の会社は洋服類、京都の会社からは和服地などを使ったバッグなど、神戸の会社からはおもに革製品だったといい、仕入先一覧は店に置いてあるという。

「年に四、五回は、海外へも買い付けにいっていました」

それはフランスやイタリアやアメリカだったと、綾音は瞳を動かしながら答えた。

道原はこの殺人事件の発生経過を整理した。

アサクラという洋品店を経営している四十二歳の麻倉光信は、八月二十八日の午前七時ごろ、穂高へ登るといって松本市内の自宅を車を運転して出ていった。穂高へ登るのなら上高地を通過するのが常識的なルートであり、車は沢渡へとめておかねばならない。彼はどうやら沢渡へ着く前のいずれかで、何者かに車を停止させられ、降車した。そして棍棒《こんぼう》のような凶器で、胸や腹や背中を強打されて殺された。

加害者は、死亡した麻倉を車に乗せただろう。単独か複数で殺《あや》めたかどうかは不明。麻倉の車に、遺体となった彼を乗せたかも不明。

その車が到着したところは同市内の小宮の向井誠市宅の離れ屋。その家屋のドアを道具を用いてこじ開け、遺体を部屋へ運び入れて放置した。

その離れ屋が空き屋であるのを、加害者は知っていた。家主の向井と加害者が知り合っていたかはこれからの捜査による。

麻倉のポケット内の財布には現金が入っていなかった。現金目当てに殺されたことも考えられなくはない。麻倉は普段いくらぐらい現金を持っているかを綾音にきくと、十万円ぐらいではといった。山へ登る人が多額の現金を持っていたとは考えられない。麻倉の財布は空っぽだった。道原はこのことをノートに書き、丸で囲んだ。

殺害された現場だが、そこは沢渡付近の国道一五八号沿いが考えられる。その野麦《のむぎ》街道の島々《しましま》、水殿《みどの》、奈川渡《ながわと》などには横道がある。

2

道原は、被害者の母の麻倉和歌子と妻の綾音を観察していたが、ふと思い付いて、

「光信さんは、多額の現金を持ち歩くことがありましたか」

と、二人にきいた。

「訪問した先で、昔の物を見せられることがあります。主人は古物商の免許を持っていますので、古い物で売れそうな物を見たときは、それを現金で買い取ることがあります。東京や京都へいくときは、まとまった現金を持っていくときいたことがあります」

「どのぐらいの現金を持っていかれましたか」

「五十万から百万円ぐらいのようでした」

山へ登る人がまとまった金額の現金を持っていくことは考えられない。だから金盗り目的での事件ではないだろう。

「光信さんには、知り合いやお友だちがいたでしょうが、その人数は多いほうでしたか」

「わたしが知っている親しい方は三人です」

綾音がいった。三人とも東京の実教大学《じっきょう》在学中に知り合った友人で、光信は東京へいった折りに、そのうちのだれかと飲食をともにしていたようだった。三人のうちの一人、浅間温泉《あさま》で錦湯《にしきゆ》という旅館を経営している加賀正男《かがまさお》とは一緒に登山をしたこともあったという。

「物盗りが目的の犯行でなかったら、怨恨《えんこん》の線が考えられますが、だれかにひどく恨まれていたということは……」

綾音と和歌子は、同時に首を横に振った。

この松本で親しい人は、ときくと、綾音と和歌子は低い声で話し合い、

「銀行にお勤めの川尻圭吾《かわじりけいご》さんと、松本市役所職員の小村忠一《こむらちゅういち》さんです」

と、綾音が答えた。

吉村とシマコと呼ばれている河原崎志摩子《かわらざきしまこ》は、顔を伏せてメモを取った。

「またうかがうことがありましたら、お宅へお邪魔するか、ここへきていただきます」

道原はそういって、二人を帰した。

道原と吉村は、あらためて尋ねたいことがあって、麻倉光信が遺体で発見された向井家を訪ねた。

主人の誠市は、母屋の裏側の畑で鍬《くわ》を持っていた。道原たちを見ると、汗のにじんだ帽子を脱いだ。

「いったいどういう人たちでしょうね。迷惑なはなしです」

彼は、離れ屋へ遺体を放置されたことをいった。離れ屋へは、東京に住んでいた若い夫婦と幼い子どもの三人が入居することになっていた。だが思いもよらない事件に遭ってしまったので、入居を予定していた夫婦へは、きのう電話をして、事情が変わったことを断わったという。

「他人の家へ、殺した人を棄てるなんて、どういう神経の人間なんでしょうね」

誠市は、鍬の柄をつかんだままいった。

「ここが空き屋だということを知っていた者のしわざです。向井さんは、そういう不良に心あたりはありませんか」

「私の知り合いには、そんな人はいません」

彼は唾《つば》を吐くようないいかたをした。

「お宅の離れ屋が空いているのを知って、見にきた人は何人かいたでしょうね」

「三人いました。そのうちの一組の家族が、引っ越してくることになっていた人です。その人は、東京のニシコン精機の社員で、松本空港近くの工場への転勤が決まっていたということでした」

道原は念のために、その人の氏名と住所をきくことにした。

誠市は、鍬を畑に寝かせて母屋へもどった。

入居が決まっていた人と、空き屋を見にきた二人の氏名をきいた。一人は東京、もう一人は名古屋市の人だったという。

「失礼なことをききますが……」

道原は前置きをした。

誠市と、お茶を出した彼の妻は二人の刑事に憎むような目を向けた。

「こちらに恨みを持っている人に心あたりは……」

「そんな人はいないと思います。私の家は代々農業で、米と野菜を作って売るだけです。よその家と争いを起こしたこともありません。……息子の卓治《たくじ》は大糸《おおいと》機械の社員で、卓治の妻はこの近くの幼稚園に勤めております」

卓治夫婦には小学六年生の女の子がいるといった。　観察したところ、誠市は穏やかな性格のようだ。

「こちらの近所には、ここの離れ屋が空いているのを知っていた人はいるでしょうね」

「うちの周りには農家が六軒ありますが、どの家もそれを知っていたと思います」

「空き屋になる前は、どういう人が住んでいましたか」

「草刈《くさかり》さんといって、うちの息子と同じ大糸機械の社員でした。夫婦と小学生の息子の三人暮らしでした。草刈さんは将棋が好きで、卓治とよく指していました。茅野《ちの》の工場へ転勤になったので、引っ越しました」

離れ屋は約半年、空き屋だった、と誠市は渋茶を飲みながらいった。

三十一日の朝八時四十五分、捜査会議をはじめるので関係者は講堂へ集合するようにと署内放送があった。道原と吉村は会議に出席するため椅子を立った。そこへ一本の電話が入った。道原が電話を受けた。

口になにかをふくんでいるような女の声で、「わたしは、二十八日の朝、白骨温泉《しらほね》の手前で、男の人がバットのような棒で撲《なぐ》られているのを見ました。男同士で喧嘩《けんか》をしていたのかもしれません」

　それをどうして早く知らせてくれなかったのかと道原がいうと、女性は、「怖かったからだ」といい、新聞に農家の離れ屋で、殺されたとされる男性が発見されたという記事が載っていたのを読んで、白骨温泉の近くで見た男同士の喧嘩を思い出し、なんとなく関係があるのではと迷った末、電話したといった。

「男の人が争っていた場所は、白骨温泉への道路でしたか」

「バスが通る道路から林のなかへ入った細い道です。バスが通る道路に乗用車が一台とまっていたので、わたしは車のスピードを落としました」

　道原は、電話の女性から話をきく必要を感じたので、名前と住所をきいた。

「名前や住所を教えなくてはいけないのですか。……そういうことをいわれそうだと思ったものですから、なかなか電話ができなかったんです」

「参考までに、あなたが目撃したことをききたいのです。どうか協力してください」

　彼女はしかたがないというように、梅元《うめもと》美春《みはる》だと名乗り、白骨温泉の源次楼《げんじろう》という旅館に勤めていると答えた。道原は源次楼を知っていた。白骨温泉では大きいほうの旅館で湯温の異なる露天風呂が三つある。

　道原と吉村は、捜査会議がはじまっている会場へ顔を出し、三船《みふね》刑事課長に、気になる通報を受けたので白骨温泉へいくことを断わった。

白骨温泉は長野県中西端で、松本市になる以前は南安曇《みなみあづみ》郡安曇村だった。梓川《あずさがわ》支流の湯川《ゆかわ》渓谷に近い。乗鞍《のりくら》岳北東麓にある硫化水素泉。アルピコ交通上高地線新島々《しんしましま》駅からバスで一時間三十分ほど。江戸時代中期から開かれた山のなかの古い温泉だ。付近には噴湯丘《ふんとうきゅう》と球状石灰石、鬼ケ城《おにがじょう》・鍾乳洞《しょうにゅうどう》がある。鍾乳石が白骨に似るところからその名が付けられたという。乗鞍岳登山の基地。中里介山《なかざとかいざん》「大菩薩峠《だいぼさつとうげ》」の舞台でもある。

マツとスギとカラマツの林にはさまれた道路は暗くて、猿か鹿でも飛び出てきそうだ。樹木の茂った急斜面には細い滝がいくつも垂れ、道路は高みに向かってくねくねと曲がった。旅館が十軒ほどあるが、十二月から四月中旬までは閉めているところが多い。

3

深い渓谷の流れはきらきらと光る。白い糸を引いているところもあった。道路はコンクリートの急坂だ。石を積み上げた旅館が見え、そこから一段上の崖《がけ》の上に、源次楼は建っている。一部を改装しているらしく灰色のシートに隠されていた。宿泊客が出払ったあとだからか、女性の一人が床に掃除機を這わせ、一人がロビーのテーブルを拭《ふ》いていた。

道原と吉村が玄関へ入ると、掃除機の音がやんだ。梅元美春さんに会いたいというと、テーブルを拭いていた人が奥へ声を掛けた。

小走りの足音がして三十半ばに見える女性が出てきて、おじぎをした。梅元美春だった。白い半袖シャツの彼女は細面で上背があって色白だ。フロントに立っている男になにかいうと、二人の刑事を応接室へ通した。

白い壁には藪《やぶ》を歩く虎の絵と「水や地やこの静かさや寒椿　徳介」と太字で黒ぐろと書かれた軸が垂れていた。

厚いソファは濃茶色の革張りだった。

美春は、「ちょっとお待ちください」といって冷たい麦茶を運んできた。

道原は、八月二十八日の朝、男たちが争っていたという場所を見たかった。それをいうと、彼女はその場所へ案内するといった。

「白骨温泉は、初めてですか」

彼女は、二人の刑事の顔を見比べるようにしてきいた。

「泊まったことはありませんが、きたことはあります」

道原がいった。吉村は高校生のときに家族と一緒にここより小さい旅館に一泊したといった。吉村の父親は勤め先の出張で東京へいった折り、白骨温泉で旅館をやっている人と知り合った。その人に、山のなかの温泉だが一度きて欲しいといわれていたのだという。

美春を車の助手席に乗せて、男たちが争っていた場所へ案内してもらった。そこは源次楼から五分とかからなかった。乗用車がとまっていたという地点に着いた。ダケカンバの木がまじったスギ林だ。

車を降りると吉村が三人の先頭に立って、林のなかの小道に入った。三十メートルといかないところで美春が、

「この辺です」

立ちどまって薄暗い周りの木のあいだをのぞくような格好をした。ダケカンバの幹と倒木の幹に不自然な変色が認められた。

道原は、署の鑑識に電話して、木の幹の変色は血痕ではないかとみられるといって、その現場を教えた。鑑識は木の幹の変色個所から採取したものと、麻倉光信の血液とを照合するだろう。

「男がバットか木の枝のような棒で、男の人を撲っていたというが、それは何人かですか」

血痕らしい幹の変色を見つけた現場に立って、道原は美春にきいた。

「争っていたのは、二人だったと思います。二人しか見えませんでした」

一人は棒を持ち、一人は逃げようとしていたようだったという。

「あなたの車のなかから、二人の男が争うのを、どのぐらいのあいだ見ていましたか」

「ちょっとのあいだです。一分間も見ていなかったと思います。怖くなったので、逃げるように車を出したんです」

したがって、争っている男たちの年齢の見当などもつかなかったようだ。

麻倉光信は家人に、穂高へ登るといって車で自宅を出たというが、その車は白骨温泉の付近からは見つからなかった。美春が目撃したという男たちが争った現場へは道幅がせまくて入れない。したがってバスが通る道路へ車をとめておいたのだろうが、その車は発見できなかった。もしかしたら麻倉を叩いて殺した犯人が、麻倉の車に乗って逃げたことも考えられた。

犯人は一人だったと考えてみよう。その人物は、沢渡へ向かっていた麻倉を梓湖のあたりでとめた。なんといってとめたのか、どんな理由を口にして白骨温泉へ向かわせたのか分からない。とにかく加害者と被害者になる二人は、白骨温泉への羊腸の山道を走り、温泉地が近づいたところで車を降りた。急に加害者が隠し持っていた棒を振り上げて飛びかかってきた。びっくりした麻倉は林のなかへ逃げ込んだ。だが、棒を振りかざして撲りかかってくるのを防ぎきれなかった。彼は、胸や腹や背中に強打を受けて倒れ、血を吐いて息絶えた。

その麻倉を、松本市小宮の向井という農家の離れ屋へ運んだ者がいる。山林で撲り殺した加害者が、麻倉の車に遺体を積んで運んだのだろうか。

主《あるじ》を失った車は、どこかに放置されているのか、それとも、鬼のような神経をした加害者が、自分の所有車のように乗りまわしているのだろうか。

松本署の鑑識課は、白骨温泉近くの山林内で採取した血痕と、麻倉光信の血液とを照合。山林内の血痕は麻倉のものと判明した。したがって彼は、八月二十八日午前九時ごろ、白骨温泉近くの山林内で撲殺されたものと決定した。

九月二日、篠《しの》つく雨の上がった午後三時少しすぎ、塩尻署から松本署へ重要な報告が届いた。昔は難所で知られた塩尻峠の展望台の近くでグレーの長野ナンバーの乗用車「カレント」を、峠の上から風景を眺めようとした人が見つけて、車内をのぞいた。じっとするとハンカチのような白い布をかぶっている人が後部座席に横になっていた。じっと見ていたがその人は身動きしなかった。片方のズボンの裾から肌がのぞいているがそれが紙のように白いので、横になっているのは女性らしいと見てとった。のぞいた人は、ドアを二つ三つノックしてみたが、車内の人は少しも動かなかった。それでもしやと思った人は、車から少しはなれたところに立って一一〇番へ掛けた。

パトカーが到着して警官が乗用車の後部ドアをノックしてから開けた。シートに横になっている人がかぶっている布の端を恐《こわ》ごわめくった。警官はのけ反った。同乗の警官を手招きして、車内に腕を伸ばした。シートに横になっている人が女性で、死亡しているのを確かめたようだった。

パトカーがサイレンを鳴らして、黒い乗用車とともにやってきた。ワゴン車も到着して、カメラを持った人と、ジェラルミンの箱を担いだ人がグレーの車の両側のドアを開け放った。

塩尻峠は、塩尻市と岡谷《おかや》市の境であり、松本盆地と諏訪《すわ》盆地の境でもあって、塩嶺《えんれい》峠とも呼ばれている。そこは中央高地の表と裏の分水界だ。古来、中山道《なかせんどう》の峠として知られ、西側に峠下集落の塩尻がある。現在は南の地点を国道二〇号が越える。北に高《たか》ボッチ高原があり、峠は日本アルプスの峰々をのぞみ、諏訪湖と岡谷市や上諏訪《かみすわ》を見下ろしている。付近には野鳥の種類が多く、春から夏にかけて探鳥に訪れる人も多いところだ。

グレーの乗用車は、遺体の女性を乗せたまま塩尻署へ運ばれた。

女性は署で検査が行われた結果、絞殺の可能性ありと判明。色白で、身長一六〇センチ、体重四九キロで、推定三十歳。髪は栗色に染めている。ネイルアートは水色。指は細く、職業の推定は不可能。左目の横に小豆《あずき》大のホクロ。

これらを記録して、遺体を司法解剖のため、松本の信州大学法医学教室へ送った。

道原は、自宅にいる綾音に電話で、光信が使用していた乗用車のナンバーをきいた。

「ナンバー……」

彼女はつぶやいたが、「長野の『は』」しか思い出せないと答えた。

特徴をきいてみた。

「車体はグレーのカレントです。右のドアの下のほうに十センチほどの浅いへこみがあります。目立つ疵《きず》ではないので直していませんでした。フロントに黒い小さな熊のぬいぐるみを吊っていました。主人の車にはめったに乗らなかったので、それぐらいしか思い出せません」

綾音は謝るようないいかたをした。

「その特徴と一致している乗用車が、塩尻峠で発見されました」

「塩尻峠……」

彼女は首をかしげたようだ。

「その車の後部座席には、女性の遺体が乗せられていました」

「女性の、遺体がですか」

彼女の声はかすれた。胸をおさえたのではないか。

「身元の分かるような物を身に付けていないので、名前も不明です。精しく検査をするために大学へ送りました。お知り合いかもしれないので、大学で、その人を見ていただけませんか。……それから、その女性が乗っていた車も。車は松本署で、内部を検べていますので、それも」

「わたしがですか」

「女性は、お知り合いということも……」

「断わってはいけませんか」

「早く女性の身元を知らなくてはならないし、なぜ車が塩尻峠にあったのかも」

「では、のちほど」

彼女は消え入りそうな声で承知した。肚《はら》のなかでは、死んでいる人など見たくないといっていそうだ。

鑑識が現場で検《み》たところ、女性は死後数日を経ているらしいということだ。

麻倉光信は、八月二十八日の朝、穂高へ登るといって自分の乗用車を運転して自宅を出たのだが、どこかで殺害され、その日の夜のうちに松本市小宮の向井という家の離れ屋へ放り込まれた。白骨温泉の近くから自分の車に乗せられて運ばれたのかもしれない。


綾音は、市内県《あがた》に住んでいる妹の石山静香《いしやましずか》と一緒に大学法医学教室へやってきた。静香は綾音より少し背が高く化粧が濃く見えた。

「先日、ここで、主人を見てから、手も足も震えて、歩くのが恐いくらいなんです」

綾音は昨日、親戚《しんせき》の一部の人を招んで、密《ひそ》やかに葬儀をしたと道原に小さい声で話した。

霊安室へ入った姉妹は、恐ごわベッドに近寄って、解剖を終えた女性遺体の顔をのぞいた。先に綾音が、つづいて静香が首を横に振った。知らない人だといっているのだった。

「この人は、グレーのカレントに乗っていました。どこかで首を絞められてから乗せられたことも考えられます」

道原がいって、ベッド脇の籠《かご》のなかを指差した。それには女性の着衣が入れられている。ごく薄い茶色地の刺繡《ししゅう》入り半袖シャツに黒いコットンのガウチョパンツ。銀のネックレス。平たい紐《ひも》で編んだようなカジュアルサンダル。バッグを持っていたと思うが、何者かに捨てられてしまったのではないか。

着衣を見るかぎりあらたまった場所へいく服装ではなさそうだ。ちょっとおしゃれをして、街を見て歩こうとでもしていたようだ。

「ご主人とは知り合いの人ではなかったでしょうか」

「さあ。わたしは会った憶えのない人です」

綾音は顎《あご》の下で手を組み合わせた。

「わたしも知らない人です」

静香は姉よりも蒼い顔をしている。

「麻倉さんは、ほんとうに穂高へ登るつもりだったのでしょうか」

道原がいうと綾音は、眉を寄せて、なぜかという表情をした。

「穂高へ登るのなら、沢渡へ車を置いていかなくてはなりません。ところが麻倉さんの車は白骨温泉近くの道にとまっていたようです。そして、林のなかで撲り合いをしていた二人の男性のうち一人は麻倉さんだと思われます。撲り合いか、一方的に撲られていたのかは分かりませんが、林のなかで麻倉さんは殺されたのだと思う。その彼を、一方の男は麻倉さんの車に乗せて、小宮の農家の離れ屋へ運んだ。だれがどうして殺《や》ったのか分からなくするための工作だったように思われます。……麻倉光信さんは、何者かから深く恨まれていたんじゃないでしょうか。棒で撲られていることから、そのような判断ができるんです」

道原は二人に、どう思うかときいたが、二人とも返事をしなかった。

麻倉の性格をきいた。

「どちらかというと、口数の少ないおとなしい人です。わたしといい合いをすることがありましたけど、大きい声を出したり、物を投げつけたりはしません。それと、人の悪口をいわない人でした。……一人っ子で、穏やかな両親に育てられた人です」

綾音がいうと、静香はそのとおりだというふうにうなずいた。

4

塩尻峠のダケカンバの多い森林にはさまれた道にとめられていた乗用車内で死亡していた女性について、テレビは繰り返し報じた。地元新聞は車の写真を載せ、女性の死因は首を絞められたことによるものと書いた。報道についての反応はすぐにあって岡谷市加茂町《かもちょう》の人から塩尻署に電話が入った。電話は藤森富子《ふじもりとみこ》というアパート経営の主婦から。

「うちの加茂荘というアパートの二階に、二年前から、松本の洋品店に勤めている女性が住んでいます。その人の部屋には、ゆうべもその前の晩も灯《つ》りが点きませんでした。けさの新聞には塩尻峠の車のなかで死んでいた女の人のことが載っていました。その人、なんとなく西池《にしいけ》さんに似ているようなので」

と、少し甲高い声でいった。

「西池さんは、何歳ぐらいですか」

電話を受けた刑事課員はきいた。

「アパートに入るときに書いてもらった契約書には二十八歳とあります。西池さんは色白の器量よしで、姿勢のいい人です」

「西池さんのフルネームを教えてください」

「西池那津美《なつみ》さんです。おしゃれな人で、いつもきれいな服を着ています」

「あなたは、塩尻警察署へくることができますか」

「できます。場所を知っていますし」

「西池さんを見たことのある方と、一緒にきてくださるといいのですが」

「じゃあ、うちの息子といきます。息子は西池さんを何度も見ていますので」

藤森富子のほかに、「車のなかで死んでいるのは、うちの近所のアパートに住んでいる垢抜《あかぬ》けした女性ではないだろうか」という電話も入った。加茂荘に住んでいた西池那津美は、近所では目立っていたようだ。

藤森富子は秀樹《ひでき》という息子の運転する車に乗って塩尻署へやってきた。五十歳ぐらいで、息子は二十四、五歳だ。秀樹は洗いざらしのようなグレーの作業衣を着ていた。

藤森家は精密機械の部品製作所で、秀樹は家業に従事しているのだった。

霊安室は冷房が効いていて寒いくらいだった。富子は秀樹の上着の袖をつかんでベッドに近寄った。係官が遺体の顔の白布をそっとはがした。

富子は、「はっ」といって口に手をやった。

秀樹はぶるっと肩を震わせた。

「西池さん、西池さんよね」

富子は秀樹にいった。

秀樹は遺体の全身を見るように顔を動かしてから、

「西池さんだ」

と、かすれ声でいった。

係官は二人の表情を見てから、遺体の顔にそっと白布をかぶせた。

二人を刑事課へ招んだ。刑事課長が席を立ってきて、二人に、「ご苦労さまです」

と頭を下げた。

「西池那津美さんは、独り暮らしですか」

課長がきいた。

「独り暮らしです。訪ねてくる人もいないようでした」

富子はハンカチをにぎって答えた。

「西池さんの出身地とか、家族が住んでいるところを、ご存じですか」

「安曇野市の生まれだそうです。ご両親は農業だといっていました。ほかの家族のことは知りません」

「松本の洋品店に勤めていたそうですが、そこはなんという店かご存じですか」

「アパートへ入居するとき、きいたような気がしますけど、憶えていません」

那津美は軽乗用車を運転して、午前九時ごろ出掛けていた。

「彼女と話をされたことがありますか」

「何度かあります。自動車の修理工場と、近所に花屋があるかときかれたことが。……洋品店に勤めているときいたので、きれいな仕事ですねってわたしがいいましたら、化粧品も扱っているといっていました。松本では有名なお店のようです」

昼近くだったが、松本の「モジュール」という会社の社員から塩尻署に電話があって、休暇をとっていた女性社員が出勤予定日になっても出社しない。けさの新聞に出ていた車のなかの女性遺体が、その社員に似ているような気がするといった。電話を受けた係官は、塩尻署へきてもらいたいと答えた。モジュールの社員は間もなくやってくるだろうと、係官は待機していた。

「西池さんの勤め先は、モジュールという会社では」

課長が富子にいった。

「そんな名だったと思います」

「アパートへ入居するさいの保証人は、だれでしたか」

「契約書をよく見てきませんでした。迂闊《うかつ》でした。……たしか、保証人はお父さんだったような気がします」

塩尻署は安曇野署へ電話で、市内に西池という姓の家が何軒あるかをきいた。それに対しての回答があって、同姓の家が二軒あることが分かった。そのどちらかの家族に那津美という人がいるかをきいてもらった。安曇野市堀金《ほりがね》に戸主が西池善治《ぜんじ》の家があり、その人の次女が那津美であることが分かった。

西池善治は農業。長女は市内の会社員の家へ嫁ぎ、長男は市内の精密機器メーカーに勤めているという。

塩尻署の係官は西池善治に電話した。

「那津美さんが、岡谷市内に住んでいたのをご存じですか」

「知っています。が、那津美になにかあったんですか」

父親は心細げな声を出した。

「塩尻市の、塩尻峠というところにとまっている車のなかで、那津美さんと思われる女性が、ご不幸な姿で発見されました」

「不幸な姿……」

父親は驚きのあまり口をふさいだのか、しばらくものをいわなかった。

係官は、なるべく早く那津美が使っていた物を持って、塩尻署へきていただきたいと、低い声で伝えた。

西池善治は、長男を勤務先から帰宅させたらしく、長男が運転する車に乗って塩尻署に着いた。良則《よしのり》という長男は陽焼け顔だが、唇は紫色で、話す声は震えていた。

善治は、十センチばかりの紙の箱に入っている金色に光った猫の文鎮を見せた。那津美が使っていた物だという。係官はそれをあずかって、鑑識へまわした。

善治と良則は、遺体と対面すると、蒼い顔をして、刑事課へもどってきた。二人は遺体は那津美だったといい、善治は瞼《まぶた》に涙をためていた。

刑事課長は二人に悔みを述べた。

「那津美さんとは、ときどきお会いになっていましたか」

課長が二人の顔を見ながらきいた。

「月に一度は、顔を見せるようにといいつけていましたが、一か月おきぐらいの休みの日にはきて、半日ぐらいいて帰りました」

実家へくるたびに、母親が米と野菜を持たせていたという。

「那津美さんは三十歳でした。縁談はありませんでしたか」

「あの子が二十歳になったころ、市内の農家や中小企業の経営者の親から、縁談《はなし》を持ちかけられたことは何度もありました。そのたびにあの子は、断わってといっていました。松本の短大を出ると、モジュールに就職して、仕事が面白いといっていました。……二十四、五のとき、独りで暮らしたいといって、松本市内でアパートを見つけてきました。暮らしに必要な物をそろえるとき、私がアパートを見にいき、買い物を一緒にそろえました。それ以来、那津美が住んでいるところへはいったことが……あ、二年ぐらい前だったと思います。うちへきたとき、岡谷へ引っ越したといいました。なぜ引っ越したのかをきいたら、松本のアパートは古いし、嫌な人が住んでいるんでとかっていっていました」

課長は、結婚の話はなかったのか、とあらためてきいた。

「私はそのことが気になっていたので、付合っている人でもいるのかってきいたことがありました。そういう人がいるような、いないような、曖昧《あいまい》な返事をしたことがありました」

「お付合いをしている男性が、いるようでしたか」

「いると思いました。いるので、いい加減な態度をしていたんだと思いました。そのことを私は家内に話しました。家内は大事なことでしたので、あらためて付合っている男の人のことをきいたんです。そうしたら娘は、『いるよ』と答えましたけど、どういう人かは話さなかったそうです」

善治は額や頬に手をあてた。困りはてている人のようだ。

「参考までにお話ししますが、八月二十八日の朝、白骨温泉の近くの山林のなかで、男が二人、撲り合いをしていたのを、白骨温泉の旅館に勤めている人が目撃しました。松本市小宮というところのある農家の空き屋だった離れ屋から、中年の男性が遺体で見つかりました。何者かが遺体を投げ込んだようです。遺体の男性の身元は持ち物から判明した。その男性の住所は松本市女鳥羽で、名前は麻倉光信。彼は二十八日の朝、山に登るといって自宅を出たということでした。ところがその日に何者かに殺されて、その人とはなんの関係もなさそうな農家の離れ屋へ放り込まれた。……私がなぜその話をするかというと、ご遺体の西池那津美さんが乗っていたカレントは、麻倉光信さんの所有車でした」

やや俯《うつむ》き加減の姿勢で課長の話をきいていた善治は、「えっ」といって、良則と顔を見合わせた。二人は、那津美はなぜ殺された男性の車に乗っていたのかを考えているようだった。

「西池さんは、松本の麻倉光信さんをご存じでしたか」

課長がきいた。

「さあ、名前にも記憶がありませんが、その人はどこかへお勤めでしたか」

善治は顔を上げてきいた。

「松本の大名町通りでアサクラという、高級洋品店を経営していました」

「高級洋品店……」

善治と良則は、また顔を見合わせた。自分たちには無縁の業種だといっているようだ。

「麻倉という人は、だれと争っていたんですか」

「それは分かっていません。白骨温泉で揉り合いをしていた一方は麻倉さんの可能性があります。山へ登るといって家を出た人が、どうして白骨温泉の付近にいたのかも謎です」

善治はふたたび顔を伏せると、小さい声で、

「二十八日の朝、車で自宅を出た麻倉という人が、殺されて松本市小宮の離れ屋へ投げ込まれた。殺した人を他人の家へ投げ込んだ者は、そのあと麻倉さんの車に那津美を乗せた。那津美を無理矢理車に乗せようとしたんじゃないでしょうか」

とつぶやいた。

「那津美を知っている者では……」

といって、顔を上げた。

「那津美を知っている者なら、彼女の部屋に、そいつの名前の分かる物でもあるんじゃないか」

良則はいって、激しくまばたいた。その目は火を燃やしているように光っている。

第二章　炎上

1

詐欺の共犯容疑で逮捕、起訴され懲役三年の刑に服していた上田《うえだ》市生まれの桜田竹《さくらだたけ》利《とし》は四十三歳。模範囚であると認められたことから二年で教育外出をゆるされた。富山刑務所に二年間収監されていたので、出所後、社会生活に早く馴染《なじ》ませる目的から、社会見学と称して、刑務官が二名付添って、富山市の市街地を歩いていた。

海のない長野県生まれの桜田は、港を見たいと刑務官に希望を述べたので、富山港へ連れていった。「船を見たいのか」ときくと、「船も好きですが、港が好きなんです。港というより波止場と呼ぶような、小さな船着き場がいいですね」彼は刑務官に微笑の顔を向けた。

「演歌が好きなのか」

「はい」

富山港には外国の船も着岸していた。ロシアの貨物船に日本の中古車を積み込む作業を珍しげに見ていたが、からだをくるりと回転させると、遠いところへ目をやった。やがて白い波を空に浮かせる立山《たてやま》連峰をじっと眺めていた。

岩瀬《いわせ》漁協市場を見て、富山競輪場前を通って神通《じんづう》川に近づいた。富山港線をまたいだところで車を降りた。刑務官の一人が急に腹を押さえて公園のトイレへ駆け込んだ。その彼を追うように桜田も車を降りたが、急に姿勢を低くするとすぐ近くの工場のなかへ飛び込んだ。刑務官の一人はあわてて桜田の後を追ったが、倉庫のような暗い工場内に人の姿はなかった。刑務官は桜田を呼んだ。右を向き左を向いて呼んだが、応答はないし姿は見えなかった。トイレから出てきた刑務官と工場内を見まわし、床に這《は》って機械の下をのぞき、工場内にいた社員と一緒に桜田をさがした。大型機械のあいだを何度も縫ってまわったが、桜田は見あたらなかった。

刑務所に緊急を知らせた。油断を詫《わ》びた。刑務所は警察に連絡した。神通川に沿う運河に飛び込んだことも考えられた。

「脱走だ。車を乗り逃げされることも」

刑務所からは注意しろという指示があった。

刑務官らは桜田を穏やかな性格の男とみていた。係官の指示や注意には、「はい」と姿勢を正してきいていた。監房内で大きい声を出したこともないし、受刑者同士で争ったこともなかった。

桜田竹利には妹が二人いた。父親は中小企業の社員だったが病気がちのために、同じ会社に長く勤めることができなかった。たびたび欠勤するのでアテにできないといわれ、勤め先を辞めさせられることになっていた。

竹利は、松本の私立大学に入ったが、一年で中退した。風邪がもとで十日以上欠席し、その間、小説本を読んでいたが、勉強が嫌いになったらしく、病気は治ったが、図書館へ通い、本を日に何冊も読むようになった。大学中退後、松本市内の電気工事会社、広告代理店、土建業の高峰《たかみね》興業、スーパー魚徳《うおとく》に勤め、その間に知り合った女性と結婚していた。

広告代理店に勤めていたころ知り合った二人の男に誘われて、ある商品を高齢者に買わせ、それを転売することによって、高額の利益が得られる、といううたい文句の詐欺商売に参画したことで、逮捕されたのだった。

桜田竹利は、八月十三日の午前十一時十分ごろ、富山市千原崎《ちはらざき》で行方不明になった。

同行していた教育係の刑務官のスキをついて脱走した。あと三か月もすれば出所できる手筈《てはず》になっていたのに、なぜ脱走したのか、彼の最近の態度を検討した。

富山刑務所は、長野県警を通じて上田警察署に、桜田の母と二人の妹の動静を監視してもらった。

上の妹は母親と同居で、上田市内で夫がやっている食堂に従事しており、母も短時間、その食堂の手伝いにいっている。その妹には高校生と中学生の男の子がいる。二歳下の妹は松本市内に住んでいて、学習塾経営の夫と高校生の娘との三人暮らし。上田署と松本署は、二人の妹の家と母の動向を監視しているが、桜田らしい男が彼女らと接触したようすはない。

桜田は現金を持っていたかを、彼に同行していた刑務官にきいたところ、所持金のなかから二千円を持たせていたことが分かった。

桜田の行動調査を担当している刑務官の一人が、桜田に関してのあることを思い出した。

「八月十二日に、桜田竹利宛てにはがきが一通届きました」

「差出人は」

係長がきいた。

『松本市・こうたろう』となっていました」

そのはがきはコピーされておりかすれてはいたが、消印が「東山」と読めた。

「お変わりなくおっとめのことと思います。

わたしはつい先日、夏風邪をひいて三日間寝ていました。

アサとナッちゃんは、とても元気です。

暑さに負けないようにしてください。こうたろう」

これだけがパソコンで書かれていた。

「アサとナッちゃんは、とても元気、か。とてもっていう強調の部分が気になるな」

係長は、コピーを読み直してこめかみを指で揉《も》んだ。

アサとナッちゃんは、はがきの差出人の松本市・こうたろうとは知り合いのようだ。

「アサとナッちゃんの正確な氏名を知りたいな。それと、『とても元気』という点が、私には暗号のように読めるんだが」

係長は、桜田はそのはがきの文面に触発されて、脱走したのではないかとみているようだった。

「これまでに、松本市・こうたろうからの来信はあったか」

「ありません」

「初めてか。はがきの文面は読む者、つまり桜田には意味が分かるように書かれているような気がする」

桜田の脱走は、その日の夕方、報道関係に発表した。

翌日の新聞にはこういう記事が載っていた。

富山市内を流れる常願寺川《じょうがんじ》の岸でキャンプをしていた六人がいた。全員男性で水泳や魚釣りをしてテントにもどると、内部が荒され、着衣の一部が失くなっていた。何者かがテントに忍び込んで着衣を盗んでいったらしい。

新聞記事を読んだ係長は、テント内の着衣を持ち逃げしたのは桜田竹利ではないかと直感した。

それから二日後、高山《たかやま》市上宝《かみたから》では、キャンプをしていた人たちのテントが、テントごと盗まれたという記事が新聞に載っていた。テント内には現金も置かれていたようである。

また二日後、岐阜県北東部の高原《たかはら》川沿いの護岸工事現場のプレハブ小屋に置かれていた作業員用の昼食弁当十二個のうち三つと衣類数点が、何者かに持ち去られたらしいことが分かった。たまたま警察官が現場監督に会ってそのことが判明した。昼食の弁当は業者が、いくつかの現場小屋に配達している。置いていく個数をまちがえることはない、と監督はいい、道に迷って腹をすかせていた者が小屋に忍び込んで、三人分の弁当と衣類を持ち去ったにちがいない、といった。

この盗難事件は岐阜の警察から富山刑務所に知らされた。

工事現場から弁当と衣類を持ち去ったのは、桜田竹利の可能性があるという見方がされた。詐欺の共犯容疑で逮捕される前の桜田は、松本市内のスーパーマーケットの警備員をしていた。温和な性格で真面目そうだが、上司に仕事のやり方を注意されたりすると、その人を恨むようになる。注意した人を思い出し、物にあたって叩き割ったり、蹴《け》って壊したりするクセがある。忠告した人を恨みつづけるという執念深い性格でもある。これらのことが警察から刑務所に伝えられた。刑務所は、なにをやって刑に服することになったかを、本人に話させたり、書かせたりしていた。反省の意思がみられないと、教育を施した。

桜田竹利は、刑務官の教育をよく守り、礼儀も正しかった。物覚えもよく、木工作業を与えられていたが、器用な一面もみせていた。

桜田が脱走したあと、富山刑務所は警察から届けられる盗難事件の報告に注目した。キャンプ場や工事現場での事件は、桜田竹利の犯行にちがいないとにらんだ。その犯行は富山県下から岐阜県北東部へ。やがて長野県に近寄りつつあるように思われた。平湯《ひらゆ》から安房《あほう》峠を越えて長野県に入る。野麦《のむぎ》街道を梓《あずさ》川に沿って下り、やがて松本に着くことも考えられた。気の遠くなるような道のりだが、毎日、何キロかを目立たないように歩いていそうだった。バスが通っている区間もあったが、それを利用することは避けているのかもしれなかった。

キャンプ地でテントが奪われている。雨の日は盗んだテントをかぶって、盗んだ弁当や食品で腹を満たしているのではなかろうか。

かつて松本署は桜田の趣味なども調べていたが、山歩きの経験があったこともつかんでいた。彼と一緒に登山をしたことのある人は、桜田はきわめて健脚だったといった。どこへ一緒に登ったかをきくと、乗鞍《のりくら》岳、焼《やけ》岳、穂高、槍《やり》だという。

桜田は、警察の包囲網をかいくぐって松本を目差したのではないか。

毎朝、新聞を丁寧に読んでいるという沢渡の商店の女性が、聞き込みにきた松本署員にこんなことを話した。

「店を開けた直後のことですがね、帽子を目深にかぶって、大きいザックを背負った男の人が、みたらし団子三本と大福餅を二つ立ったまま食べて、立ち去ろうとしたんです。代金を払わなかったので、追いかけて代金をもらいました。ずうずうしい人がいるもんだと思ったんで、その男の人をよく憶えています」

「その男の服装はどんなでしたか」

　警官はメモを構えた。

「暑いのに生地の厚いジャケットを着て、ボタンをはずしていました。ズボンの下のほうは、泥水のなかでも歩いたように汚れていました」

「何歳ぐらいの男」

「四十ぐらいか、もう少し上だったかも。口の周りを黒い髭が囲んでいました」

　身長をきくと一七〇センチぐらいだと思うといった。

　女性は代金を受け取ってから、去っていく男の後ろ姿を見ているうちに新聞記事を思い出した。富山県や岐阜県のキャンプ場や工事現場で、テントや着る物が何者かに毎日のように持ち去られていると書いてあった。沢渡はハイカーや登山者の基地なので、リュックや大型ザックを背負っている人は珍しくないが、団子や餅を食べて、その代金を払わずに去っていこうとした人は初めてだったので、記憶に残っているといった。

　その男は手にはなにか持っていたかときくと、山道で拾ったような木の枝をつかんでいた、と答えた。

道原は、富山刑務所から送られてきた桜田竹利宛てのはがきの文章を思い出した。それには、「アサとナッちゃんは、とても元気」とあった。「アサ」は麻倉光信、「ナッちゃん」は西池那津美を指しているのではないか。この二人が「とても元気」という一言が桜田を刺激したのではないだろうか。二人は親密、と桜田は受け取った。つまり桜田は那津美という女性と付合っていた。ところが彼が犯罪に関係して逮捕され、起訴され、懲役刑が科せられた。

桜田とは会うことができなくなった那津美は、どこでどういうふうにして知り合ったのか分からないが、麻倉光信と男女の交際をはじめた。桜田と那津美の関係、そして那津美が麻倉と情を深めているのを「こうたろう」という人物は知った。「こうたろう」と、桜田はよく知り合っていたか友人にちがいない。友人かもしれないが桜田に対して好意を持っていない人のようだ。だから桜田が苛立《いらだ》つにちがいないことを考え、はがきによけいなことを書いて送った。あるいは麻倉光信に恨みでも持っている人間なのかもしれない。

「アサとナッちゃんはとても元気」と書けば、桜田はアタマに血がのぼって、刑務官の首に手をかけるのではないかと期待したことも考えられる。

松本署は、麻倉光信の関係筋から彼の写真を入手して、白骨温泉の源次楼の従業員の梅元美春に見せた。バットか木の枝で撲られていたのはこの人ではときいたが、人相までは分からなかったといわれた。

桜田竹利の写真も手に入れ、沢渡の商店でザックを背負った男に、みたらし団子と大福餅を売った女性に見てもらった。

「少し長めの顔でしたが」

女性は写真を手にしてじっと見ていたが、

「髭を伸ばしていましたけど、この人のような気がします」

と答えた。

富山港の近くで脱走した桜田竹利は、十日ほどかけて沢渡に着いたのか。

桜田らしい男が沢渡にいたという報告を受けた道原は、こんなふうに想像した。

――脱走犯の桜田竹利は、沢渡の道路脇で、大福餅の餡《あん》がからんだ歯に舌先を動かしていた。とそこへ、グレーのカレントが通りかかり、とめる場所をさがすようにゆっくり走っていた。桜田は運転している男を見て、はっとした。自分が会おうとしていた麻倉光信だったからだ。桜田は麻倉に車を停止させて助手席に乗り込んだ。富山市から脱走したことが報じられている桜田だったので、麻倉は驚き、全身の血が凍る思いがしたにちがいない――

2

松本市小宮の向井誠市が、署にいる道原に電話をよこした。

「思い出したことがありましたので」

向井は前置きした。

「五月の半ばごろのことだったと思います。いい服装をした紳士が、『貸し屋をお持ちだときいたので』といっておみえになりました。私は貸し屋を五軒持っていますが、母屋からいちばん遠いリンゴ園の横の家が空いていたので、その紳士を案内しました。……ゆうべその紳士の名字を思い出したんです」

「なんていう人でしたか」

「麻倉さんです。大名町通りで洋品店をやっているということでした」

「何歳ぐらいの人でしたか」

「四十歳ぐらいじゃないかと思います」

「その麻倉という人は、貸し屋を見たんですね」

「見ました。六畳の間が二部屋に台所の造りです。……麻倉さんはその家を気に入ったようでして、そこへ住む人を連れてきて、見せるといって帰りました」

「住む人を連れてきましたか」

「はい。二、三日経ってから、そろそろ三十歳に手が届きそうな、すらりとした背で、器量のいい女の人を麻倉さんは連れてきました」

その女性が住むところをさがしているようだったが、その貸し屋を気に入ったとも、考えてみるともいわずに帰った。それからまた二、三日後、麻倉が電話をよこし、貸し屋はリンゴ園に沿っているせいで、寂しすぎるのが、彼女は気に入らないといっている、といって、入居を断わったという。

貸し屋を下見にきた紳士は麻倉光信だったろう。そして彼が連れてきた器量よしの女性は、西池那津美だったのだろう。麻倉はリンゴ園の横の貸し屋を、彼女との愛の巣にしたかったのだろうが、なんの物音もしない、なんの光もない一軒屋に、彼女は不気味さでも覚えたにちがいない。

麻倉と那津美が親密な間柄になったのは、彼が貸し屋の下見にきた少し前だったような気がする。そのころも彼女は、壁の薄い岡谷市のアパートに住んでいた。彼は人目がなくて、なんの気兼ねもいらないところで彼女と会っていたかったにちがいない。

麻倉と那津美はたびたび会っていただろう。松本市内で食事をしたり、ホテルを利用していたことも考えられる。初めのうちは周囲の人目に気を遣っていただろうが、月日が経つうちに二人は大胆になった。

大名町通りのアサクラには女性の従業員が二人いる。その二人にも、社長の麻倉の道徳を逸脱した行為は知られていたかもしれない。

彼の妻・綾音は、ときどきアサクラへ手伝いにいっていたようだ。二人の従業員とは気軽に会話することもあるだろう。社長に愛人がいることは、従業員の口から妻に伝わっていたことも考えられる。あるいは妻のほうから従業員に社長の行動について、口を割らせたことがあったのではないか。

そんなことを想像していた道原の目の裡《うち》に、ある人物の黒い影が浮かびあがった。

道原は吉村とともにアサクラを訪ねた。大名町通りは松本城へ突きあたる大通りだ。地方から訪れたらしいグループが、商店をのぞきながら歩いている。アイスを手にしている若者たちもいた。アサクラは、松本城を向いて右側で、生命保険会社の隣り。白い布製の庇《ひさし》を歩道へ少し出している。外が明るいせいか店内はいくぶん暗く見えた。白と水色のソフト帽が天井からぶら下がっていた。ガラスケースには白、水色、ピンクなどのシャツが並び、鈍い光のアクセサリーが要所要所に置かれている。

スタッフの一人はコの字型のガラスケースのなかに立っていて、一人は入口に背を向けて商品を包んでいた。

カップルの客がいたが、軽く頭を下げて出ていった。

店内に客がいないのをたしかめて、道原と吉村は店へ入り、背筋を伸ばしている細面のスタッフに身分証を見せた。彼女は胸に「矢沢《やざわ》」という名札を付けていた。社長が事件に遭ったからか、彼女は身震いした。

道原は低い声で、大事なことをききたいが、ここでよいか、と白い顔をにらんだ。

彼女はまばたいて、「どんなことでしょう」ときいた。

「あなたは、麻倉さんの友人か知人を知っていますか」

彼女はためらうように瞳を動かした。

「お友だちを一人知っています」

どこの、なんという人かをきいた。

「浅間温泉の加賀さんです。ここへ何度かおいでになったことがありますし、四人でお食事をしたこともあります」

「四人で……」

「加賀さんと、社長と、砂川《すながわ》さんとわたしです」

砂川というのはもう一人のスタッフだ。

加賀は浅間温泉の古い旅館を継いでいる人で、社長とは年に一、二回は山行をともにしていた仲だったという。

矢沢という名の彼女は、麻倉の友人は加賀しか知らない、と付け加えた。

砂川が矢沢に並んだ。身長が同じぐらいだ。二人とも二十六、七歳に見えた。二人の化粧が薄いのは社長の指示だったのか。

道原は、砂川にも同じことをきいた。

「わたしも加賀さんしか」

砂川は丸い目をして答えた。

道原は二人の顔をあらためて見てから、

「『こうたろう』という名に心あたりがありますか」

スタッフの二人は顔を見合わせ、「こうたろう」といってから首を横に振った。きいたことのない人名のようだ。

「これからも、話をききに寄ることがあると思いますが、どうか協力してください」

道原と吉村は、矢沢と砂川に頭を下げて店をあとにした。

浅間温泉へいって、加賀という姓の人が経営する旅館をさがそう、と道原が吉村にいったところへ、三船課長が電話をよこした。

「伝さん。おかしい、へんだ」

課長は、慌てているようだ。

なにがあったのかを、道原は落着いた声できいた。

「麻倉の車からは、桜田竹利の指紋も毛髪なども検出されないという報告があったんだ。……桜田は、白骨温泉へ向かっていた麻倉光信を、叩いて殺し、その遺体を小宮の農家の離れ屋へ放り込んだ。そのあと岡谷へいって、西池那津美を麻倉の車に乗せ、人目のない塩尻峠で彼女を絞殺して、車ごと放置して逃走したものとみていたが、その見方はまちがっているようなんだ」

課長は咽《むせ》るような咳《せき》を二つしていった。

「まちがっている……」

道原はつぶやいた。

「麻倉と那津美を殺《や》ったのは、桜田ではなく別人の可能性があると、鑑識は判断している。……おかしい。桜田の犯行だとばかり思っていたが……」

課長は、癇癪《かんしゃく》でも起こしてデスクを叩いたのか、妙な音をさせた。

桜田竹利は詐欺の罪で逮捕され、服役していたが、捕まる前までは西池那津美と恋仲だったらしい。服役中も彼は那津美を思い、彼女の肌の感触を蘇《よみがえ》らせて悶《もだ》える日があったことだろう。出所できたら、真っ先に彼女に会いにいくつもりだった。が、そこへ、「こうたろう」という人物から、那津美は麻倉と情をまじえていると受け取れる便りが届いた。それを読んだ桜田の頭にはむらむらと火が燃え立った。出所予定が近づいて、社会見学に檻《おり》の外へ出る日を待っていた。一歩外へ出ると、どこでどうやって刑務官の目を欺くかを狙《ねら》っていたのだろう。

逮捕された当時の桜田の住所は松本市筑摩《つかま》で薄川《すすき》の近く。桜田は現在四十三歳。二十九歳で妻帯したが、妻は交通事故に遭って死亡した。事故を起こした人は東京の不動産会社の社長。運転手の不注意による事故だったことから、社長は桜田と話し合いのうえ、多額の慰謝料を支払ったようだった。

桜田は慰謝料で家を買ったといわれていた。現在その家は空き屋になっている。

上田署は、脱走犯の桜田が、両親に会いに訪れることを予想して昼夜張り込んでいるが、いままでのところ彼はあらわれていなかった。

桜田には妹が二人いる。桜田が妹の家へ立ち寄ることも考えられたので、所轄署は署員を配置している。

「麻倉光信と西池那津美を殺ったのは、桜田にちがいないとにらんでいたが、ちがっていたのか」

道原は、吉村がハンドルをにぎっている車の助手席で腕を組んだ。

「麻倉と那津美は、桜田以外の者からも恨まれていたんじゃないでしょうか。恨んでいたやつは、桜田の脱走を知った。その前に二人を殺せば、桜田は、麻倉と那津美になんらかの危害を加えるにちがいない。その前に二人を殺せば、桜田の犯行ではとにらまれる。いや、もしかしたらそいつは、桜田にも恨みを持っていた」

麻倉の車には当然、彼の指紋や毛髪が残っている。那津美の指紋もドアやシートに付着している。署では目下、その二人以外の試料を採取し、べつの犯罪にかかわった人物の試料と照合している。

浅間温泉に着いた。車を降りた道原は北西の彼方を向いた。穂高の山肌はまだ真夏の色だが、鋸《のこぎりば》歯状の稜線《りょうせん》は間もなく白い波を描くだろう。長期の気象予想では、今年の初雪は例年より早そうだという。

市役所の支所へ寄り、浅間温泉で加賀姓の人が経営している旅館はどこかと尋ねた。

「それは浅間温泉三丁目の錦湯さんですよ。ご主人のお名前は加賀正男さん」

メガネを掛けた中年の女性職員が教えてくれた。

錦湯は古い旅館で茶臼山《ちゃうすやま》城跡に近かった。昔は生糸工場だったといわれ、入口の軒下に大きいシャトルのかたちをした飾りが吊られていた。

玄関へ出てきた若い女性に加賀正男さんに会いたいというと、

「ただいま来客中ですので、こちらでお待ちください」

といわれ、洋風の応接室へ通された。ガラス越しに庭が見え、岩で囲んだ池が眺められた。道原は窓辺に立って、池と枝ぶりのよいマツを見ていた。野鳥がマツとウメの木を渡っている。

さっきの若い女性がお茶を出してくれた。

「お待たせしました」

といって加賀正男が入ってきた。身長は一八〇センチ以上と思われる大男だ。

「父の代までは、もっと大きい池で、鯉をたくさん飼っていました」

道原は早速だがといって、

「麻倉光信さんとはお親しかったそうですが」

ときいた。

「はい。同級生でした。たびたび食事をしていましたし、毎年、一緒に山をやっていました。来年は海外の山へ登る話をしていたんですが……」

加賀は顔を伏せて唇を噛《か》んだ。思いがけないことでこの世を去った親友を、悼んでいるようだった。

道原は本題を口にした。「こうたろう」という人を知っているかときいた。

「こうたろう……。名字はなんという人ですか」

加賀は首をかしげた。

「それが分かりません。刑務所へ入れられていた桜田竹利という男に『こうたろう』の名ではがきを送った人がいます。その人は、麻倉光信さんと西池那津美さんが親しくしていたのを知って、そのことをはがきで桜田竹利に知らせました」

「麻倉はたしかに那津美さんという人と付合っていました。そのことが奥さんに知られなきゃいいがと、私は冷や冷やしていたんです。麻倉と那津美さんの間柄を、桜田という人に……」

「那津美さんは、逮捕される前の桜田と付合っていたんだと思います。桜田は、出所したらすぐに那津美さんに会うつもりだったんでしょう」

「服役中の男に、恋人だった女性の消息を伝える。……なんとなく悪意のような気がしますが」

「そうですね。世のなかには、弱い者いじめというか、いたずらというか、意地悪なことをする人がいるんです」

道原がいうと加賀は腕組みして、「こうたろう」と、つぶやいた。

「私の知り合いには、こうたろうという人はいません。桜田という人には、どこのだれなのか分かったでしょうね」

「分かったと思います」

「新聞で知ったんですが、桜田というのは、富山市で刑務官の目を盗んで、脱走した男ですね」

「そうです。脱走して、松本をめざしていたのだと思います」

麻倉と那津美は、脱走犯の桜田に殺られたものと思い込んでいたが、さっきの三船課長の連絡では、二人を殺害した犯人は別人の可能性があるということだった。

3

松本署の署長室に刑事課から八人が集合した。麻倉光信と西池那津美を殺害したのは、富山市で刑務官のスキを衝《つ》いて脱走した桜田竹利にちがいないとにらんでいたが、どうやらその見方はあやまりのようだということになった。

では二人を殺ったのは何者なのかと、桜田はどこへ消えたのかを捜査するための検討会がはじまったところへ、浅間温泉の加賀正男から道原に電話があった。

「きのう、道原さんたちがお帰りになったあと、知り合いの何人かに問い合わせをしました。富山市から脱走したという桜田について、人柄などを知っている人がいそうな気がしたからです。私はずっと前に、桜田という男のことを、だれかからきいたのを思い出したので」

道原は、署長室デスクのクリーム色の受話器をにぎり直して、メモを構えた。

桜田竹利を知っていたのは、旅館の建物の補修工事を依頼している北野《きたの》工務店社長の北野政秋《まさあき》だったと加賀はいった。

北野は馬肉の刺し身が好きで、松本市深志《ふかし》の馬肉料理店へたびたび食事にいってい た。その店で何度か顔を見ていた客の桜田竹利と会話をするようになり、おたがいに職業を明かした。そのうちに桜田は身の上話をするようになった。

身の上話といっても自分のことではなく、一時、気の毒な暮らしをしていた知人の身上を語った。それは来宮新次郎《きのみやしんじろう》という人のこと。

来宮は、八ケ岳《やつがたけ》山麓の原《はら》村に住んでいたが、父親が事業に失敗して、住んでいた家を失うことになった。つまり債権者に住まいを奪われ、その家から退去することになった。事業に失敗し借金を残した父親は家出して、所在不明になった。

住まいを失った二十七歳の来宮は、病身の母親と、身重の妻と二歳の長女を連れて友人の持つアパートへ一時、身をよせることにした。そこは岡谷市の高台の長地《おさち》というところにあるアパートだった。一月下旬の雪の舞う日、来宮はふくらんだリュックを背負い、両手に荷物を提げた。妻はそれもふくらんだバッグを持ち、長女の手を引いた。母は小さな風呂敷包みをつかんだ。

岡谷に着いたときは夜の八時をすぎていた。降る雪は激しくなり、前が見えにくくなった。友人が書いてくれたアパートへはまだ何キロもありそうに思われた。

緩い坂道を登りはじめたところで、母は積もった雪の上へ膝を突き、「もう歩けないので、ここへ置いていってくれ」といった。来宮はリュックを胸へ抱いて、母を背負うことにしていた。と、そこへ通りかかった男がいて、「そんなことをしていると、みんな死んじゃうよ」といって、母を背負ってくれ、すぐ近くの自分の住まいへ連れていってくれた。

男は七輪の火をおこし、「ほかに食い物はないのでこれを」といって魚の干物を焙《あぶ》ってくれた。その干物の旨かったことと暖かかったことは忘れられなくなった。

来宮は、四人を助けてくれた男に名をきいた。「桜田竹利っていうんだ」。桜田は来宮の右手の平に指で氏名を書いた。来宮は桜田が指で教えてくれた掌の感触をにぎりしめ、生涯忘れないことにした。

夜が明けた。雪はやんでいた。桜田は、隣の家の軒下から失敬してきたといって、七輪の火で干し芋を焙ってくれた。それが五人のその日の朝食だった。母は畳に額を押しつけて桜田に礼をいった。その母を桜田は背負い、「軽いな」とつぶやいた。

友人が持っているアパートは坂の上に建っていた。その上には家はなかった。アパートの窓からは白い諏訪湖が見えた。

午後である。いったん住まいへもどった桜田は、少年のような男と一緒にリヤカーを曳《ひ》いてアパートへやってきた。布団とコタツを積んできたのだった。部屋へ積み上げた新品の布団に手を触れた母と妻は、涙を浮かべた。

「金を稼げるようになったら、布団代を払ってくれればいい」と桜田はいって、リヤカーを曳いて帰った。

「見ず知らずの者だったのに、桜田さんという人はどうして、こんなに親切に……」

母と妻は、布団の前で話していた。

それから何年かしてからのことだが、来宮の妻の兼子《かねこ》は桜田に、長地のアパートへ向かう雪の夜、干物を焙って食べさせてくれたのを思い出し、見ず知らずの落ちぶれをなぜ助けてくれたのかをきいた。すると桜田は、「来宮を一目見たとき、この男は見所があると感じたんだ。言葉ではいいあらわせない魅力というか、光というか……」といって、遠いところを見るような目をした。

来宮新次郎は岡谷市内の織物機械をつくる会社に就職したが、その間に機械の欠点を改良したり、機械の故障個所を即座に発見する装置などを発明して特許を取得した。彼は自分に、機械の性能を向上させる能力があることを知り、岡谷市内で精密機器の下請け工場を創立して代表者になった。小規模企業だったが仕事は切れ間なく入ってきた。商号は「キノミヤ企画」で、従業員は十二人。彼が有能と認めた人だけを採った。

来宮は毎朝会社へ出ると、二時間ばかり従業員の仕事を見てまわった。機械が故障したり不具合が生じると、自ら手を加えていた。何事もないと会社を抜け出して車でピアノ教室へいき、レッスンを受けていた。いまもそれをつづけている——

富山刑務所で三か月後に仮出所することになっていた桜田という男が、市内見学中、刑務官のスキを衝いて脱走して松本へたどり着いたもよう。なぜ刑期を終えるまぎわに脱走したのかというと、逮捕される前までは付合っていた女性が、知り合いの男と親密な関係を結んでいるのを知り、嫉妬《しっと》の炎を燃え上がらせたからだった。

　桜田は松本へ着き、白骨温泉の近くでかつての愛人と親密にしている男を叩き殺し、ある農家の離れ屋へ放り込んだ。その足で岡谷へいき、かつての愛人の首を絞めて殺し、塩尻峠へ車ごと置き去りにした——とみられていた。が、警察が捜査をすすめたところ、男と女を殺したのは桜田ではなさそうという見方をされた。ならば二人を殺害したのは何者かということになり、捜査は振り出しにもどる格好になった。

　そこで考えられたのが、桜田の身代わりになれるような人物がいるのではということになり、桜田の過去を洗った。その結果、彼のことをいのちの恩人といって尊敬し、神か仏のように崇《あが》めている男がいることが分かった。

　それがキノミヤ企画社長の来宮新次郎らしいと分かった。そこでキノミヤ企画の従業員の一人一人にきいた。「知りません。そういう方がいるのだとしたら、社長は私たちに話すか、紹介したはずです」と、口をそろえた。

　ところが捜査員は、キノミヤ企画の従業員以外の人から、「来宮さんが、神か仏のように崇めているのは、詐欺をやって捕まった男です」という話を聞き込んできた。それは桜田竹利だとすぐに分かった。キノミヤ企画の従業員が、「神か仏」を知らなかったのは、桜田が詐欺の犯罪で捕まるような男だったから、来宮は桜田の「さ」の字も社内で語ったことがなかったのではないか。

富山市で脱走して、草を噛み、地を這うようにして松本へ着いた桜田は、来宮に電話を掛けて、人目のない場所へ呼び寄せたのだろうか。

携帯電話は逮捕されたときに取り上げられているが、桜田は来宮の番号を記憶していたのか。

そのことがあとで分かったが、桜田は捕まる前、下着のパンツのゴムに暗号のように番号をいくつか書き込んでいた。洗っても消えないようにしてあった。

来宮は、いのちの恩人からの電話だったから、桜田が身を潜めている場所へ駆けつけただろう。そこで桜田から、ひと肌脱いでもらえないかと、血走った目を向けられたのか。来宮は桜田の頼みをむげには断われなかったろうが、事が殺人である。「分かりました、殺りましょう」とはいえなかったような気がする。

そこで二人は話し合い、それまで桜田とは縁のなかった人間に実行させることにしたのではないか、と道原は考えた。犯行を実行する者は麻倉の車に乗ることになる。いったん乗ればなんらかの痕跡を落とす。したがって桜田とはまったく関係のない人間に殺しを実行させることにしたのではと考えた。

松本署の刑事が協議した結果、来宮新次郎にあたることにして、道原と吉村が岡谷市のキノミヤ企画を訪ねた。そこは精密機械の部品をつくっているというが、ほとんど物音がしておらず、研究所に似た雰囲気の工場だった。

事務室には水色の作業衣を着た二十代半ばの女性が一人いた。その人に吉村が、「来宮さんにお会いしたい」と告げると、女性は、

「社長は、たぶん音楽教室だと思います」

といった。

音楽教室はどこなのかをきくと、松本市大手《おおて》のハヤマ音楽教室だと教えられた。

吉村は、最近何日間かの来宮の行動をきいた。

「日曜はご自宅にいるのだと思いますが、平日はお昼前から音楽教室へいきます」

「音楽教室では、なにかを習っているんでしょうね」

「ピアノだときいています」

彼女は少し上目遣いになった。

「平日にピアノを習いにいく。こちらの事業と社長がピアノを習うこととは、なにか関係がありますか」

「ないと思います。社長の趣味なんです」

彼女は頬をゆるめた。

「こちらはほとんど物音がきこえませんが、どんな物をつくっているんですか」

「主に時計とカメラの部品です。近いうちに自動車の自動制御装置の部品をつくることになっています」

「自動運転の車に取りつける装置ですね」

吉村がきいた。

彼女は目を細めてうなずいた。

道原は吉村に肩を並べて、

「最近の社長の行動に、なにか変化はありませんか」

ときいた。

彼女は首を横に振り、社長がなにかで疑われているのかと、眉間《みけん》を変化させた。道原は、参考までにうかがいたいことがあるのだといって、吉村とともに彼女に背を向けた。

4

ハヤマ音楽教室の厚いガラスのドアを開けると、耳に刺さるようなバイオリンの音がきこえた。受付の女性に、来宮新次郎はきているかときくと、

「二階の教室でレッスンを受けています」

といわれた。レッスンはいつ終わるのかときくと、女性は、「きいてまいります」といって階段を昇っていった。
五、六分後、受付の女性の後ろを痩《や》せぎすの中年男がついて階段を下りてきた。それが来宮新次郎だった。長めの髪のなかから白い筋がいくつも見えた。四十五歳のはずだ。
彼が階段を下りたところで名乗り合った。

「私は、本物の刑事さんにお会いするのは、初めてです」

来宮の声はやさしげだ。偽の刑事に会ったことはあるのかと道原がいうと、

「ありません。テレビドラマで観ているだけです」

来宮は薄笑いを浮かべたが、目の奥には緊張の色が沈んでいた。

「会社の社長さんなのに、ピアノのレッスンとは優雅ですね」

道原がいった。

「そんなふうに見られているでしょうが、じつはピアノを弾きながら、仕事を考えているんです。社員には話したことがありませんが、細かい部品を組み立ててみたり、壊してみたりしているんです。新しいものや、よく考えられたものをつくらないと、得意先を失いますから」

音楽教室の隣接のカフェで、白いカップのコーヒーを飲んだ。

「富山の刑務所に入っていた桜田竹利さんが脱走した。それはご存じでしょうね」

道原は来宮の顔を見ながら、低い声できいた。

「知っています。テレビでも新聞でも……」

「あなたには連絡があったでしょうね」

「いいえ」

「ない……。隠さないで、正直に答えてください」

「ありません。ほんとうです」

「あなたに連絡をしないはずはない。脱走した桜田は、あなたを頼って松本へきたんです。……どこで会いましたか」

「会っていません。ほんとうです」

「電話は……」

「それもありません。桜田さんは、なぜ逃げたのかを、私は毎日、考えているんです」

道原は口を閉じると来宮の顔をにらんだ。

来宮は顔を伏せているが、瞳はやり場に困って動いているようだ。

「桜田にはやりたいことがあって、それで脱走したんです。彼がやりたいことをやり遂げた。あなたにはそれがなんだったか分かっていますよね」

「いいえ。知りません」

「しっかり考えて、答えてください。知っていることを隠すと罪になりますよ」

「知りません。ほんとうです。電話も……」

来宮は顎のとがった顔を振った。振ったというよりも震えているというほうがあたっているようだ。

「刑事というのは、因果な仕事です。喋《しゃべ》りたくないことを喋らせようとする。隠しごとをすると罪になるといって脅す。……あなたは脱走犯の桜田から、前から名前を知っていた麻倉光信という人を、電話で白骨温泉へ呼び出したことをきいたにちがいない。麻倉さんの車が白骨温泉へ近づいたところで、桜田は道をふさいだ。車を降りた麻倉さんに向かって棒を振り上げた。麻倉さんは林のなかへ逃げ込んだが、追いついた桜田にめった打ちにされた。桜田は死亡した麻倉さんを麻倉さんの車に乗せ、松本市小宮の農家が貸し屋に建てた離れ屋へ運び、その家の鍵を壊して入り、死亡した麻倉さんを放り込んだ。……その後麻倉さんの車で岡谷へいき、加茂荘というアパートから、そこに住んでいた西池那津美さんを誘い出して塩尻峠へ連れていき、車内で彼女の首を絞めて殺した。……これが私たちが想像したストーリーです。桜田は、あと三か月ぐらいで刑務所を出られることになっていました。それなのに仮出所を待つことができず、脱走した。捕まれば、二人を殺したのだから、死刑になるかもしれなかった。そういうことを承知で脱走し、重大な犯行におよんだ。……来宮さんには、なぜ桜田が脱走したかの想像がついているでしょうね」

道原は語尾に力を込めた。

「大体の想像はついています」

「それをいってみてください」

来宮はうなずくとグラスの水を一口飲んだ。

「桜田さんは以前、西池さんと付合っていました。出所したら、以前どおり彼女と付合うつもりだったと思います。ですが彼女は、べつの男と親しくしていることが分かった。それで嫉妬の火が燃え上がり、刑期終えまで待つことができなくなった、ということではないでしょうか」

来宮は、また水を飲んだ。

「西池さんがべつの男、つまり麻倉さんのことです、麻倉さんと親しくしていることを、どうして知ったのか、それをあなたは知っていますね」

道原がいうと来宮は、しまったと思ってか、腋《わき》をしめるような格好をした。

「刑務所の桜田に、西池那津美さんが松本市内で洋品店をやっている麻倉光信さんと親しくしていることを知らせるはがきが届いたんです。……それをあなたは、脱走してきた桜田から直接、きいたでしょ」

来宮は、音がするように首を折った。逃げられないのを知ってか、嘘《うそ》をついたことを謝まった。脱走してきた桜田と接触していないといったのは嘘だったのだ。精密機械を考案する人だが、刑事の追及をかわすことはできなかったようだ。

「刑務所の桜田にはがきを送ったのは、『こうたろう』という人です。それがどこのだれか分かりますか」

「分かりません」

「桜田には、だれなのか分かったでしょうね」

「見当がつかない、といっていました」

「見当もつかない人からの中傷を信じて、脱走し、二人を殺害した。桜田にとって『こうたろう』の情報は信頼できるものだったのでしょう。桜田は『こうたろう』がどこのだれかを知っていた。あなたに、どこのどういう人なのかを話したでしょ」

「いいえ」

来宮は、血の引いたような蒼《あお》みがかった顔を伏せた。

道原は五、六分のあいだなにもいわなかったが、

「麻倉さんのカレントに、桜田は乗ったことがないようなんです」

道原が突然いったからか、来宮は目を見開いた。

「桜田は、ヤケクソになって、麻倉さんと那津美さんを叩き殺したかったが、逸《はや》る自分を抑え、他人に殺らせることにした。親しい者に殺らせると、だれの犯行かがすぐにバレてしまう。そこで直接の知り合いのその先の知り合い、つまり桜田とはそれまで面識がなかったような者に、二人を消すことを依頼したのではと、私たちはにらんでいる。あるいはあなたに、殺人をやってくれそうな者はいないかと、相談があったんじゃないか」

来宮は、両手を組むと両肩をつかんだ。からだの震えをこらえているようだ。

道原と吉村は、来宮新次郎を松本署へ連れていった。喫茶店などできく話ではなかったからだ。

来宮を取調室へ入れて、道原が正面の椅子にすわった。来宮は取調室のまわりに目を配るように見まわした。初めての経験のようだ。吉村は、道原と来宮の位置を行ったり来たりした。

課長たちはミラー越しに取調室のもようを観察しているはずである。

「あらためてききます」

道原は来宮をにらんで前置きした。カフェできいたことを順序だててきき直すことにした。

来宮は紺色の地に薄い水色の縦縞《たてじま》のジャケットを着ているが、襟の一か所に米粒のような白い染《し》みが付いていた。来宮はそれに気付かず着ているようだ。

「桜田から電話があったのはいつですか」

「たしか、八月十四日の午後でした」

脱走の次の日だ。

「そのとき、あなたはどこにいましたか」

「音楽教室です」

「というと、桜田はケータイに掛けてよこしたんですね」

「そうです。まだ檻のなかにいるものと思っていましたので、びっくりしました。それで、服役が終ったのかとききました」

「桜田はなんていった」

「逃げ出したんだといったようでした。それで私は、脱獄を想像しました」

「桜田はなんていった」

「なんとかして松本へいく。松本に近づいたらまた連絡するので、会ってくれ。おれにはどうしてもやらなくてはならないことがあるんだ。詳しいことは会ったときに話す、といいました」

「それをきいて、あなたは……」

「寒気を覚えました。刑務所からどうやって逃げたのか分かりませんが、脱走者にはちがいないので、恐くなりました。それと、桜田さんがやらなくてはならないといったことを想像して、ピアノの前でじっとしていられなくなりました」

「それからの毎日は……」

「平日はいつも通りに家を出て会社へいきました。ですが、電話が入るたびに、桜田さんからではと思って、手が震えました」

「奥さんには、桜田のことを話しましたか」

「いいえ。だれにも話していません」

一週間あまり経って、ピアノ教室にいた来宮のケータイに、桜田は密やかな声で、「沢渡へ着いた」といった。

「桜田はあなたに、話したいことがあるので、きてくれとでもいったんですね」

「早くきてくれといわれました。それから、少しお金を持ってきてくれといわれました。……銀行でお金を引き出したとき、このお金を桜田さんに渡したら、私は彼の逃亡を援《たす》けたことになるのですから、私のほうがどこかへ逃げたくなりました」

桜田とはどこで落ち合ったのかをきいた。

「沢渡の駐車場です。桜田さんは、車と車のあいだで横になっていて、幾日も山に入っていた人のように見えました」

来宮は桜田の話をじっくりきくことにして、沢渡の柏屋《かしわや》旅館の部屋を借りた。そこで、「こうたろう」という人からのはがきの文章をきいた。

「桜田さんは頭に血がのぼったといいました。自分は悪いことをしたのだから、捕まるのはあたり前だし、那津美に嫌われてもしかたがないと思いながら、次の日には那津美とはどうしても別れたくない、出所したら真っ先に彼女に会うことにしていた、その彼女が、と彼はいうと、頭を搔《か》きむしり、畳を両手で叩いていました。……それからしばらくして、金儲《もう》けのうまそうなツラをした麻倉と、いくぶん冷たそうな雰囲気の那津美を、この世から消したい。それをやってくれる人はいないか。他人に殺《や》らせたのでは気がすまないが、おれは自由に動くことができない、といった桜田さんでしたが、そうだ、あいつがいる、といって膝を叩きました」

桜田が「あいつ」といったのは、以前、電気工事会社に勤めていた黒岩七平《くろいわしちへい》。塩尻市に住んでいて、現在は塩尻市内の土建会社に勤めているはずだといった。その土建会社名を桜田は思い出した。来宮がその会社の電話番号を調べた。

黒岩七平は、夜になって柏屋旅館へやってきた。「お久しぶりです。お元気でしたか」と桜田の顔を見て挨拶《あいさつ》した。来宮はへんな挨拶だと思ったが、黙って桜田と黒岩を見ていた。

「おれは、ここまで歩いてくるうちに、那津美が憎くなってきた。何日か前までは那津美に会いたいと思っていたが、彼女はおれを裏切ったのだと思いはじめた。世の中で一番憎い人間に見えはじめた。それで彼女を、麻倉と一緒にこの世から消したい。

彼女はおれのところへもどってくるはずはないんだから、叩き殺したい。……殺ってくれるか」

　桜田は黒岩をにらみつけながらいった。

　黒岩は腕組みして、首を左右に曲げていたが、

「おれが殺ったら、桜田さんの指示だとすぐに分かってしまう。それが分かったら、今度は死刑ですよ」

「じゃあ、どうする」

「桜田さんとは、一面識もない人間にやらせましょう」

「いるのか」

「おれの知ってる人間のその先の人間。そうすりゃあ、桜田さんの指示だとは思われない」

「そうか。人選はあんたに任せる。早く始末してくれ。事件が発覚したら、おれが疑われる。いまのおれは全国指名手配されているにちがいない。だが、おれが二人に手をかけていないと分かれば、警察《サツ》は固いアタマをひねるだろう」

　黒岩は、ビールを一口飲んだだけで、「あとは」といって、畳に両手を突いて去っていった。

その数日後の朝、麻倉光信は白骨温泉近くの山林で撲殺され、松本市小宮の農家の離れ屋へ放り込まれた。彼の愛人だった西池那津美は、首を絞められて殺され、麻倉の乗用車に乗せられて、塩尻峠の展望台のすぐ近くへ遺棄された。

黒岩七平を帰したあと、来宮と桜田は、柏屋旅館を出ると、二百メートルほどはなれた丸茂《まるも》旅館へ移った。そこから来宮は帰宅することにした。旅館を出るとき来宮は桜田に五十万円渡した。それを受け取ると桜田は、「この恩はかならず返す」といった。

それ以来、来宮は桜田に会っていないという。

「桜田に呼ばれて、黒岩七平という男が会いにきた。そこで桜田は脱走したわけを話して、麻倉と那津美を始末したいといった。すると黒岩は、『自分が殺ったら、すぐに桜田さんの指示だと分かってしまうので、桜田さんとは無関係の者に実行させたい』といって帰った。まちがいないですね」

道原は、顔を伏せ気味にしている来宮に念を押した。

第三章　岩尾根

1

道原と吉村は、塩尻市内の玉川《たまがわ》建工という会社を訪ねた。広い庭とガレージの隣に事務所があった。庭には車輪に泥がついたダンプカーが一台とまっていた。

事務所へ入ったがだれもいなかった。声を掛けると、奥のほうで女性の声がして、白髪まじりの頭の女性が出てきた。

「黒岩さんという人が勤めていますね」

吉村が女性にきいた。

「はい。いますけど、現場へいっています」

その現場をきいた。

「洗馬《せば》というところで、奈良井《ならい》川の護岸工事をしています。黒岩はそこで、現場監督をしています」

といってから、黒岩になにかあったのかと女性はきいた。

道原は顎《あご》に手をあてて首をかしげたが、

「黒岩さんの知り合いに、桜田竹利という人がいるはずですが、ご存じですか」

ときいてみた。

「桜田さん。きいたことのあるような名ですが、なにをしている人ですか」

と、きき返された。

「問題を起こして、暗いところへ入っていた人です」

「ああ、思い出しました。髭《ひげ》の濃い人です。何年か前にここへきたことがありました」

「どんな用事でここへきたのか、憶えていらっしゃいますか」

「どんな用事かは知りません。黒岩とは仲よしだったんでしょう。黒岩が現場からもどってくるのをここで待っていたようでした」

「その人は、富山から、刑期を終える前に逃げ出して、松本へきているようです」

「新聞に出ていましたね。刑期を終える前なのに脱走したと……」

女性は曇った顔をして、「刑事さんは、そのことで黒岩に会いにおいでになったんですね」ときいた。

道原と吉村は小さくうなずいた。

事務所の電話が鳴った。女性は受話器を耳にあてると頭を下げるような格好をした。取引先からの連絡のようだ。

奈良井川の現場へいくと、黒岩はくわえタバコで土手の上に立っていた。陽焼けした赤黒い顔をしている。

道原が、ききたいことがあるというと、黒岩はマイクロバスを指差した。作業員を乗せてくる車らしい。バスの座席のあちこちに作業員の着衣らしい物が置かれていた。黒岩はクーラーをつけた。

道原は黒岩の顔をひとにらみしてから、

「あなたは、富山から逃げてきた桜田竹利に会いましたね」

黒岩はどう答えようかを迷ったようだった。

「会いました」

彼は唾《つば》を飲み込むように顎を動かして答えた。

「どこで会ったんですか」

「沢渡の柏屋旅館です」

「桜田のほかに、だれがいましたか」

「キノミヤ企画の来宮さんがいました」

「桜田は、あなたに頼みたいことがあったので、沢渡へ招んだ。来宮さんが招ばれたのも頼みたいことがあったからだ。……桜田はあなたに、なにを頼みましたか」

「逃げてきたので、隠れる場所をっていわれました」

「嘘《うそ》でしょ」

「ほんとうです」

黒岩はタバコに赤いライターで火をつけた。わずかに手が震えていた。

「桜田はあなたに、重大なことを頼んだはずだ。人殺しをだ。それをあなたは引き受けたんだね」

「そ、そんなことを……」

黒岩はタバコを太い指にはさんで首を振った。

「桜田は、刑務官の目を盗んで脱走した。目的があったからだ。その目的を自分で果たしたかったが、それをやれば、すぐにバレる。で、あなたに相談にのってもらった。

なにかいい方法はないかってね。そうでしょ」

「私は、そんなことを……」

「そんなことを、あなたに相談したんだ、桜田は。あなたなら引き受けてくれるって思い込んでいるから、頼んだんだ。こっちは調べたうえでいっているんだよ。正直に答えてくれ」

　黒岩は、困りはてたように両手を頭に挙げた。

「男と女を……」

　黒岩はいいかけて咳《せき》をした。いいたくないといっているのが、見え見えだった。

「桜田はあなたに、男と女を始末してくれっていったんだ。その二人を、あなたは知っていましたか」

「いいえ」

「桜田は、男と女の氏名だけでなく、職業も知っていた。その女性とは、恋人同士の間柄だった。……二人が殺されれば、桜田の犯行だと見抜かれるだろうが、桜田は脱走犯だと分かっているので、二人は警戒して近寄らない。それで二人とは無関係だった者に、殺《や》らせることにした。そうでしょ」

　黒岩は声を出さずに首を振った。

「あんたが殺ったのか」

黒岩は首だけでなく、肩をも振った。

「だれに殺らせたんだ」

黒岩は顔を外に向けて返事をしなくなった。

道原は、顎で吉村に合図を送った。吉村はマイクロバスを出ていったが、すぐにもどってきた。

十分とたたないうちにパトカーがやってきて、マイクロバスの横にとまった。つづいて黒い乗用車がきて、パトカーの後ろにとまった。

「署へいってもらう」

道原は黒岩を椅子から立たせた。


松本署に着くと、黒岩を取調室に入れた。作業服のままの黒岩は、落着きなく周りを見まわした。マイクロバスのなかにいるときより、からだが少し小さくなったように見えた。

「麻倉光信さんと西池那津美さんを殺害したのが、あなたでないことは分かっている。あなたは、知り合いのなかからある人物を選んだ。それは男だろう。だれだ、その男は」

道原は語気を強めた。

黒岩は、膝に置いた両手をもじもじと動かしていたが、十分ばかり経つと、

「熊城《くましろ》という男に相談しました」

やや小さい声で答えた。

「フルネームをいいなさい」

道原は黒岩の頭をにらんだ。怪我の跡なのか頭の左耳に近いところに禿《はげ》があった。

「熊城勝也《かつや》です」

「なにをしている男だ」

「四、五年前まで、玉川建工でダンプの運転手をやっていました」

「そのあとは……」

「タクシーの運転手をやったり、会社の乗用車の運転手をやっていました」

年齢をきくと、自分より一つ上だといった。四十二歳だ。

道原は、熊城勝也という男の住所をきいた。

「塩尻市の広丘《ひろおか》っていうところです」

吉村が、熊城の電話番号をきいた。黒岩はスマートフォンを取り出して、熊城のケ

ータイの番号を読んだ。

「刑事さんは、熊城に会うんですね」

上目遣いをした。

「あたりまえだ」

「熊城は、私が喋ったって勘付くでしょうね」

「それは、しかたがないことだろう。……熊城っていう男は、麻倉光信さんと西池那津美さんを始末したんだろうか」

黒岩は下を向いて、首を左右に動かした。二人を始末したかどうかは分からないといっているようにも受け取れた。

熊城が二人を始末したとしよう。だが彼には二人に対しての恨みはないはずだ。恨みどころか会ったこともなかったのではないか。

「熊城は、タダではやらなかったはずだ。報酬は、だれが、いくら払ったんだ」

道原はメモにペンを構えた。

「成功したら、支払うという約束でした」

「だれが……」

「桜田です」

「いくら……」

「知りません」

「桜田には、隠している金があったんだな」

「そのようです」

「あんたもいくらかを受け取ることになっていたんだろう。それはいくらなんだ」

「金額なんか、決めていません」

「十万や二十万じゃないだろう。百万か二百万か。それとも一千万円か」

「決めていません」

黒岩はちらっと目を向けた。その目は道原を恨むように光っていた。

「報酬の金額を決めずに、殺しを依頼したとは思えない。桜田は、これぐらいなら出せるとでもいったんじゃないのか」

道原は腕を組んだ。桜田竹利が刑務官のスキを衝いて脱走した時点で、彼の預金は引き出せないように管理されたはずだ。そのことを黒岩も熊城も知らず、成功報酬を約束し、それを信じて実行したのだろうか。

松本署の捜査員は、西の空に細い月が浮かぶ時刻に、塩尻市広丘の自宅で、妻と二人の娘との四人で夕食を摂りはじめていた熊城勝也に、署への連行を促した。彼は酒を注いでいたすし屋の湯呑みを放り出して逃げ出そうとしたが、捜査員に羽交い絞めにされた。妻と娘たちは、なぜ警察官が押し入ってきたのか分からず、皿や茶碗を投げつけて抵抗した。若い警官の一人は、娘に包丁で顔を切りつけられ、熊城を連行する前に近所の医院へ運ばれた。

松本署に連行した熊城勝也を別室に入れ、現在の職業をきいた。彼は松本空港の二《に》の宮《みや》整備という会社へ面接にいき、採用され、来週から出勤することになっていると答えた。

熊城は黒岩から、松本市内の麻倉光信と岡谷市の西池那津美を殺害してくれ。成功すれば五百万円支払うという話を持ちかけられた。

そこで彼は、二人を下見にいった。麻倉は松本市大名町通りの高級そうな洋品店にいて、二人の女性従業員と笑いながら会話していた。一方の那津美は松本市内のモジユールという女性向け洋品から衣料雑貨を取り扱う会社で、商品を手にして同僚らしい女性と話し合っていた。二人の住所は黒岩に教えられた。

二人を観察した結果、片付けることが可能だと確信した。彼は、ターゲットの二人とはそれまで会ったこともないのだから、仏となった二人の背景を手繰られても、犯人としての浮上は考えられないと踏んで、翌日に実行することを決めた、と自供した。

道原は、顔の大きさのわりに肩幅の広い熊城勝也をにらみつけた。熊城は言葉につかえながら、犯行の流れを語った。

朝七時少しすぎ、乗用車を運転して自宅を出てきた麻倉を、道路の曲がり角でとめ、ナイフをちらつかせ、その車に乗って、走らせた。後部座席には赤いザックが置かれていた。「登山か」ときくと、きょうは白骨温泉へいく、と答えた。「それじゃ、白骨温泉へ連れてってくれ」と熊城はいった。

「刃物を見せたが、私をどうするつもりなのか」と麻倉はきいた。「なんにもしない。白骨温泉まで乗せてってくれれば」といった。

「私は、白骨温泉で休養するのだが、あなたはどうするつもりなの」麻倉は、恐る恐るといった口調できいた。

「山へ登る支度をしてるじゃないか」

熊城がきいた。

「気が向いたら、穂高へ登ろうと思っているので」

「優雅だな。店は流行《はや》っているのか」

「まあまあです」

「白骨温泉は山のなからしいが、何キロぐらいあるんだ」

「私の家から四〇キロぐらいです」

国道を走っているうちパトカーを見ると、麻倉は近寄ろうとした。熊城は彼の横腹を指で突いた。

沢渡を越えたところで白骨温泉への道路へ逸れた。すぐに森林にはさまれた山径になった。林のなかの急斜面に細い滝が白く垂れていた。樹間から深い底を流れる渓谷が見え、その流れも白かった。

「もう少しで白骨温泉ですが、どこで降りるんですか」

麻倉がきいた。

木立が両側から迫って、道路が暗くなった。

「車をとめて、降りろ」

熊城が突然いった。二人は車を降りた。と、熊城は落ちていた枯枝を拾った。麻倉は車へ乗り直そうとした。が、そこを熊城が枯枝で叩いた。麻倉は林のなかへ逃げ込んだが、追いついた熊城が枯枝で背中や腹を何度も叩いた。

麻倉の死亡を確かめると、熊城は麻倉を車に乗せた。松本市小宮のリンゴ園の横の空き屋の鍵を壊して、麻倉を担ぎ込んでおいた。そのあと、岡谷市加茂町のアパートへ走った。そこに住んでいる那津美を呼び出し、麻倉が塩尻峠で待っているといって車に乗せた。「なぜ麻倉さんが迎えにこないのか」と彼女はきいた。「麻倉さんは野鳥の声を録音していて、手がはなせないんだ」。

塩尻峠の展望台の近くに着いた。どこにも人影は見あたらなかった。車から降りようとした彼女の首に腕をかけて、力一杯絞めた。彼女の死亡を確かめると、後部座席へ移して寝かせた――

2

松本署は、安曇野、岡谷、塩尻などの署と連携して「こうたろう」という人物をさがし出すことにした。「こうたろう」が、服役中の桜田竹利を刺激するような情報を送らなかったら、桜田は脱走しなかったのではないか。

道原と吉村は思いつくまま、光太郎、孝太郎、浩太郎、鉱太郎などと書いてみた。

長野県警は全国に「こうたろう」と読める名の人を住民登録から拾い出してもらうことにした。

「何万人もいそうな気がしますが」

吉村がいうとシマコは、

「何十万人じゃないかしら」

といった。

集められた人のなかから四十代の人を選ぶことにしたらどうか、とシマコがいう。

「なぜ四十代なんだ」

吉村がきいた。

「麻倉光信が四十代だったから……。あ、そうだ。富山刑務所へはがきを送った人は、西池那津美に思いを寄せていた男じゃないかしら」

シマコはペンを動かした。

「考えられるな。西池那津美と付合っている麻倉が、憎くてしようがない野郎。……『こうたろう』からの情報がなかったら、桜田は、麻倉と那津美をこの世から消すなんてことは考えなかったかもね」

吉村は額に手をあてた。

「恋愛感情でなくて、麻倉か那津美になにかのきっかけから恨みを抱くようになったやつということも……」

道原が、吉村とシマコの会話に割って入った。

警察が「こうたろう」という名の人を全国から拾い出し、そのなかから、富山刑務所に服役中の桜田竹利にはがきを送った人物をさがす作業をはじめたことを新聞社が嗅《か》ぎつけて、新聞に載せた。

反響があって、長野県内だけで四十件。「高校生の娘の担任が康太郎先生です」「近所に、詩のようなものを書いている人が高太郎さんです」「交番勤務のおまわりさんが幸太郎さん」などと次から次へと来信があった。が、それらは犯罪とは無縁と思われる人たちだった。

長野県警が、「こうたろう」という名の人をさがしていると新聞が報じた後、パソコンで書かれたこういう手紙が県警本部刑事部宛に届いた。

「昨年九月。北アルプス涸沢《からさわ》岳山頂付近で、激しい雷雨にたたかれて動けなくなっていた四十代の男性がいました。単独行のその人は足に怪我を負っていたので、岩にしがみついて雨がやむのを待っていたのです。三人パーティーの私たちは雨が小やみになったので、穂高岳山荘へ向って岩稜《がんりょう》をわたっていて、動けなくなっていた人を見つけました。その人は唇を紫色にして震えていましたし、ろくに話もできないほど衰弱していました。そこで私たちは持っていたロープで担架のようなものをこしらえて、その人を担いで山小屋へ運びました。

山小屋ではストーブが燃えていました。運んだ人には熱い湯を飲ませ、乾いた物を着せて、全身をマッサージしました。その人は生気を取りもどし、夕食のテーブルに並べるほど回復しました。その席で私たちは意外な話をその人からききました。激しい雷雨に打たれて岩にしがみついていた人は、じつは単独行ではなく、二人連れだったといいました。では同行者はどうしたのかときくと、「私が足をいためて動けなくなったので、救助要請に山小屋へいくといって、私を置いていったんです」。その直後に、置いていかれた人は雷雨に遭ったのです。……その話をきいた私たちは、山をやる者にはあるまじき行為、といって、一人を置き去りにした男の名をききました。ですがその人は穂高岳山荘にはいませんでした。たぶん涸沢へ下ってしまったのだと思いました。次の日、私たちは、死にそうになっていた人と一緒に涸沢へ下って、二軒の山小屋で同行者を置き去りにした人の名をいって宿泊したかをききました。すると涸沢ヒュッテにその人は泊まり、けさは朝食を摂って下ったと教えられました。

なぜこのような手紙を警察に送る気になったのかといいますと、同行者を稜線へ置き去りにした人は、白骨温泉の近くで殺されたからです」

県警本部へ手紙を送ったのは、浅間温泉に住んでいる金田《かねた》満《みつる》という四十二歳の会社員だった。松本署の道原と吉村は、金田の自宅を訪ねた。妻が出てきて、「主人は、有賀《あるが》電工に勤めております」。妻は、夫が県警本部へ手紙を送ったことを知らなかった。

道原たちは有賀電工を訪ねた。その会社は女鳥羽川沿いにあって、信州大学と附属病院の建物が見えた。

金田は、メガネを掛けた中肉中背で、総務課長の肩書きの付いた名刺を出した。

「私は、出すぎたことをしたのでしょうか」

彼は、県警本部へ送った手紙のことをいった。

「そんなことはありません。捜査の参考になることです」

道原は金田に、山へはよく登っているのかときいた。

「今年は七月に白馬《しろうま》へ登りました」

彼は少し頰をゆるめた。白馬の大雪渓には登山者の列ができていたという。

本題に入った。

「白骨温泉の近くで不幸な目に遭ったのは、麻倉光信さんでしたが、お知り合いでしたか」

「いいえ、まったく知らない人でした」

「去年の九月、涸沢岳で足に怪我を負い、雷雨に打たれていたのは、なんという人でしたか」

「宇田川恵三《うだがわけいぞう》さんで、私と同い歳でした」

住所は塩尻市片丘《かたおか》で、松本市内の会社員だという。

「宇田川さんは、麻倉光信さんとは山仲間だったんでしょうね」

「二年か三年前に、どこかの山小屋で知り合った仲だといっていました」

「宇田川さんと麻倉さんは、何度か一緒に登山をしていたのでしょうか」

「二人で登ったのは初めてということでした。里では何度か会っていたようです」

「金田さんたちが通りかからなかったら、宇田川さんは命を落としていたかもしれませんね」

「そうですね。だいぶ弱っていましたので」

「その後、金田さんは、宇田川さんにお会いになりましたか」

「会いました。宇田川さんが、私たち三人を、松本の料理屋へ招《よ》んでくれたんです。宇田川さんはとても礼儀正しい人で、私たち三人が料理屋へ着くと、先にきていた宇田川さんは、畳に手を突いて、あらためて私たちに礼をいいました。私たちが通りかからなかったら、死んでいたかもしれない、なんていっていました」

下山後、宇田川は麻倉に会っただろうかと金田たちはきいた。

「会っていないということでした」

「怪我人を稜線へ置いていった麻倉という人は、その日のうちに涸沢まで下っていたんです。まるで同行の宇田川さんの存在を忘れてしまった人のようだ。そのことを抗議にいったものと私たちは思ったのですが、宇田川さんは二度と麻倉には近寄らないことにした、といっていました」

「宇田川さんは、なぜ抗議しなかったんでしょうか」

道原は金田にきいてみた。

「二度と顔も見たくないという心境だったんじゃないでしょうか」

そういった金田は、下唇を突き出すようにして、一瞬暗い表情をしたのを道原は見逃さなかった。

宇田川と麻倉は、何年か前に山小屋で知り合った仲だった。その後、里で何回も会っていた。二人は意気投合して、穂高へ登ることにした。あるいは麻倉が、宇田川を山行に誘ったのだったかもしれない。それにはひとつ目的があった。宇田川は麻倉にとっては邪魔な存在だった——それは私生活か、事業に関係のあることか。

道原は金田と会ったあと、思い付いたことがあって、松本の大名町通りの洋品店であるアサクラをのぞくことにした。

彼は吉村と一緒に、アサクラの店内を横目に入れて素通りした。店には女性客が二人入っていて、スタッフの矢沢と砂川に話し掛けていた。

道原たちは、保険会社の前でアサクラから客が出ていくのを待っていた。十数分経つと二人の客は店を出ていった。二人とも三十代半ばに見えた。一人のバッグは大きかった。

道原と吉村が入っていくと、スタッフの二人は、

「今日は」

と挨拶《あいさつ》した。社長が不幸な目に遭って十日ほどが経っている。二人のスタッフは何事もなかったような顔をしていた。社長は事件に遭った。店にとって変わったことはないのかときくと、

「社長が事件に遭ったことを知ってる人はいるでしょうけど、店には直接影響はありません」

砂川がいった。

「あなたたちは、塩尻の宇田川恵三さんを知っていますか」

道原が、薄化粧の二人の顔を見比べるようにした。

「宇田川さん……」

　矢沢と砂川は顔を見合わせたが、知らないというように首をかしげた。

「なにをなさっている方ですか」

「松本の建材会社に勤めている人ですが、去年の九月、麻倉さんと一緒に山へ登った人です。宇田川さんは山で怪我をしたあと、激しい雷雨に遭って、命を落とす一歩手前でした。さいわい通りかかったパーティーがいて、その人たちに助けられましたが、相棒だった麻倉さんはその場にいなかったんです」

　矢沢と砂川は、初めてきく話だといって顔を見合わせた。

「社長は、怪我をした人の救助を頼みに、近くの山小屋へいったのではないでしょうか」

　矢沢は首をかしげた。

「最も近い山小屋は、穂高岳山荘でした。あとで分かったことですが、麻倉さんは怪我人の宇田川さんがいる稜線を下って、涸沢に着いて、山小屋へ入っていたんです」

「怪我をした人を、置いてきぼりにしたっていうことですか」

「そういうことです」

　矢沢と砂川は口を半開きにした。あきれてものがいえないといった格好だ。

「仲のよくない人同士が一緒に山へ登ることは考えられません。一人が怪我をしたのに、社長は……」

砂川がつぶやいた。

「もしかしたら、麻倉さんは、秘密にしていることを、宇田川さんににぎられていたというようなことが、考えられませんか」

二人のスタッフは、口をとがらせたり顔を見合わせたりしていた。

客が一人入ってきたので、道原たちは外へ出た。三十半ばと思われる男性客は、ネクタイを選んで、何度か襟元にあてて
てから、一本を買って店を出ていった。

道原と吉村は、店へ入り直した。

「社長の秘密といったら、女性のことです」

矢沢がいうと砂川がうなずいた。

「女性というと、事件に遭った西池那津美さんのことでしょうね」

矢沢と砂川は、口を固く結んでうなずいた。

那津美が勤めていたモジュールとアサクラは取引き関係だったからで、那津美はたびたびアサクラを訪ねていて、矢沢も砂川も彼女と何度も会話していたという。

麻倉と那津美の関係を、もしも宇田川がにぎっていたとしても、それを恨んだ麻倉が宇田川に殺意を抱いていたとは考えられない。

　では、商売のほうではないか。

「こちらの店は、高級な洋品を取扱っていますが、全部、輸入品ですか」

　道原が店内をあらためて見まわしてきいた。

「輸入品は八十パーセントぐらいです」

　矢沢が、ガラスケースのなかを指差した。腕時計と銀色のアクセサリーだった。道原には縁のない品物だったが、なぜか光ったチェーンには目を奪われた。

　それと矢沢の左腕を飾っている時計に道原は注目した。彼女が動くたびにその時計は光を放った。文字盤をダイヤが飾っているからにちがいなかった。

　彼は矢沢の視線を盗むようにして砂川の腕に目を向けた。彼女の手首には銀色のブレスレットがはめられていたが、それにも小粒のダイヤが埋め込まれているようだ。二人は店の商品を宣伝するために高価なアクセサリーを身に付けているのだろうか。

　道原と吉村が店を出ようとしたところへ、服装のいい五十代半ば見当の男が入ってきた。矢沢と砂川はその紳士に、「いらっしゃいませ」でなく、「こんにちは」といった。紳士は二人に微笑を送った。たびたびこの店を訪ねている人のようだ。

　道原たちは店を出て、隣の保険会社の前でアサクラをにらんでいた。十四、五分もすると紳士が店を出てきた。買い物にきたというより、スタッフの二人に会いに訪れた人のようだ。

その紳士は、お城のほうから走ってきたタクシーを拾っていった。

署にもどると、道原と吉村は三船課長の前に立って、アサクラで見たことを報告した。

課長は腕を組み目を瞑《つむ》って二人の話をきいていたが、

「アサクラは、店主が事件に遭って死んでも、二人の女性従業員によって運営されている。麻倉の女房がたまに店を見にきているようだが」

といって頭に手を乗せた。

「アサクラは、おしゃれな物を売っているだけじゃないんじゃないかな」

「えっ、どういうことですか」

道原が課長のほうへ首を伸ばした。

「店に陳列していない物を取扱っているんじゃないだろうか。……麻倉はたびたび海外へいっていた。ヤバい物を買い付けていたのかも」

道原と吉村は顔を見合わせた。

道原の前には、アサクラの二人のスタッフの手首で、きらきらと光るダイヤが浮かんだが、急に墨を浴びたように濁ってきた。そして穂高の岩稜で死にそうになった宇田川恵三の顔が大映しになった。彼は穂高の岩稜で怪我をして歩くのが困難になった。同行者の麻倉に、山小屋へ救助要請にいってくるといわれて、置き去りにされた。そこへ雷雨が襲ってきた。それは麻倉の計算ずみで、彼は最寄りの穂高岳山荘へは救助要請に寄らず、稜線から涸沢へ下り、涸沢ヒュッテで手足を伸ばしていたのだ。そして、稜線で宇田川が冷たい雨に打たれて、衰弱死するのを希《ねが》っていたにちがいない。麻倉は直接手を下して宇田川を殺したのではない。悪鬼に向かって手を合わせ、死ぬのを待っていたのだ。

道原と吉村は、署を飛び出した。松本市惣社《そうざ》の建材会社で宇田川恵三に会った。

二人の刑事が目つきを変えて訪れたので、宇田川は上目遣いになった。

「あなたは、アサクラの秘密でもにぎっていたんじゃないですか」

事務所の外へ呼び出すと道原がいった。

宇田川はどきりとしてか、肩を縮めた。

「アサクラは内外の高級品を取り扱っているが、裏では後ろ暗いことをやっているんじゃないかと、私たちはにらんでいる。その後ろ暗いことを、あなたは知っていた。それが世間にバレると店はやっていけなくなる。社長の麻倉は、妻君と二人の従業員以外には、後ろ暗い商売を隠していただろう。それをあなたは知ったにちがいない。

商品を買ってくれる人以外の人に、その商売を知られたくなかった。あなたは、だれかから耳に入れたんですね、アサクラの裏の商売を」

宇田川は、自分の足元に目を落として黙っていたが、道原の追及に負けて、

「刑事さんのおっしゃるとおりです」

と答えた。

それはどういうものかときくと、日本では危険薬物として販売を禁じられている男性用サプリメントだといった。要するに麻薬である。

その薬物の情報を耳に入れてきたのは、アサクラのスタッフの砂川利緒《りお》。彼女は海外旅行中に薬物の入手方法を耳にはさんできて、麻倉に話したらしい。

宇田川は松本市内で、麻倉に会ったとき、儲かる商売をしているようですね、と話し掛けた。

「輸入した紳士用品を取り扱う店なら、そういう薬物も手に入れたくなるでしょうね、と麻倉さんに話しただけなんです。私自身そんな薬物を使うつもりはないし、入手方法も知りませんでした。……私がその話をしているうち、麻倉さんはちょっと目つきを変えました。いま考えると私は、口にしてはいけないことを麻倉さんにいってしま

ったのでした。……麻倉さんは不幸な目に遭ってしまいましたけど、それは、危険薬物を取り扱っていたことと関係があるんですか」

宇田川は、血の気を失ったような顔色をして、胸に手をあてた。

3

道原と吉村は、大名町通りのアサクラに客が入っていないのを確かめてから、「お邪魔します」といって敷居をまたいだ。きょう二度目の訪問だ。

スタッフの矢沢と砂川は軽く頭を下げたが、警戒しているのか目を和ませなかった。

「店は何時に閉めるんですか」

吉村が矢沢にきいた。

「七時半です」

「では、その時間にもう一度うかがいます」

矢沢と砂川はなにもいわず、二人の刑事をにらんでいた。

午後七時半すぎ、道原と吉村はシャッターを閉めたアサクラの店内にいた。

「こちらでは、海外から貴金属類や衣料品を仕入れているが、ウィンドーに並べることができないものも仕入れているようですね」

道原が、矢沢と砂川の顔を交互に見ながらいった。

スタッフの二人は顔を見合わせてから、矢沢が、

「なんのことでしょうか」

と、かすれ気味の声できいた。

「おおやけにできないものを、売っているでしょ」

二人は凍ったように動かず、返事もしなかった。

「ここでは答えられないのなら、署へいってもらいますよ」

「海外からのサプリメントを扱っています」

矢沢が伏し目がちになって答えた。

「なんていう名のサプリですか」

「キマイラという名称です」

道原は、きいたことのある名称だと思ったので吉村に顔を向けた。

「キマイラはギリシャ神話で、頭がライオン、胴が山羊《やぎ》、尾が蛇という想像上の動物です」

「どこの国から買っているんですか」

「わたしが……」

　砂川がいいかけて口を閉じた。どう説明しようかを考えているようだ。

「わたしが二年あまり前にインドへ旅行したとき、デリーで、日本にいたことのある知り合いの男性にキマイラのことをききました。男性が元気になる特効薬があるが、おみやげに買っていかないか、っていわれました。その人は、アメリカやイギリスで製造している有名な刺激剤があるが、効き目が薄い。キマイラは有害でもないし、長時間持続する点がすぐれているといわれましたので、社長に電話して、そのサプリのことを伝えました。すると社長はためしに少し買ってくるようにと言いました。それで十錠入っているのを買いました。わたしにそのサプリのことを話した人は、キマイラは、インドでもパキスタンでも手に入るといいました」

「帰国してから、麻倉さんにそのサプリの効果をきいたんですね」

「社長は、効果はてきめんだが、日本での売買は禁じられているといいました。ですが、四、五日後、キマイラのような効き目のあるサプリを欲しがっている人が何人もいることが分かった、うちで、知り合いにだけ売ることにしようといいました。それでわたしがデリーの知り合いに手紙を書きました」

「その知り合いから買い付けたキマイラを、現在もそっと売っているんだね」

砂川と矢沢は顔を見合わせてからうなずいた。

「見せてくれ」

道原はキマイラのことを二人にいった。

砂川が店の奥へ消えたが、金属製の箱を持ってもどってきた。彼女は、鏡板が光っている木製のテーブルの上へ金属の箱をそっと置いて蓋《ふた》をとった。箱の底には緑色の四角い容器が十個ばかり並んでいた。高さ六センチほどのプラスチック製のボトルである。

「このボトルを一つ借りていく。これを買いにきた客がいたら、品切れだといって、売らないことにしてくれ」

砂川と矢沢は首をわずかに動かした。

「わたしたちは、逮捕されるんですか」

砂川が小さい声できいた。

「違法薬物だということを、知っていて輸入販売していたのだから」

道原はそれ以上はいわず、二人の蒼白い顔をにらみつけた。二人はあした、署へ呼ばれることだろう。

道原と吉村は、キマイラのボトルを一つ持って署にもどった。午後九時になるところだった。珍しいことに署長が刑事課へきて、三船課長と向かい合っていた。富山市で刑務官に連れられて社会見学をしているあいだに、監視のスキを衝いて逃走した桜田竹利が、どこへいったかを話し合っていたのだった。

「伝さんはどう思う」

課長は話し合いに参加しろといっているようだったので、道原は課長の横へ腰掛けた。

「この松本から遠くはなれたところへ、逃げたんじゃないでしょうか」

「どこへいっても、食っていかなきゃならん。身元を隠して働いているだろうか」

署長が首をかしげながらいった。

「自分の金を引き出すことができない。来宮から援助を受けたが、それも底をついているころでしょう」

「桜田は、親分肌というか、困った人を見ると放っておけなくなる性分だ。かつて来宮にしたように、困っていた人に手を差し延べたことがほかにあったかもしれない。伝さんたちは、桜田の過去をもっと洗って、知り合ったことのある人をさがし出してくれ。……ところできょうは、アサクラへいってきたんだろ」

課長は、道原のほうへ顔を振った。

道原は、アサクラから押収してきたキマイラのボトルを署長と課長に見せた。

署長は、課長が手に取った緑色のボトルをちらりと見ただけで、椅子から立ち上がった。

「違法薬物か」

道原は、キマイラをどういうルートでアサクラが扱うようになったかを、課長に報告すると、吉村に声を掛けた。吉村はさっきから、すっかりへこんでしまった腹を撫《な》でていたのだ。

道原と吉村は、署の近くの居酒屋へ飛び込んだ。奥の席では男と女が大きい声を上げていた。酒を飲んでいるうちにいい合いにでもなったようだ。女の声は若そうだった。

道原たちは、肉じゃがに鯖《さば》の塩焼きで腹の虫をなだめたあと、日本酒をちびりちびりと飲《や》った。

「服役中の桜田にはがきを送った『こうたろう』は、女性だということも考えられます」

吉村は酒のカップを手にしていた。食事中も、道を歩いていても事件捜査が頭からはなれないらしい。道原は吉村の横顔をちらりと見て、一人前の刑事になりつつあるのを知った。

「そうだな。盛りをすぎた冷たい気性の女のような気もする。そいつは、麻倉と那津美の関係を知っているだけでなく、桜田に恨みでも持っている人間かも」

「桜田の過去を、もう一度洗ってみましょうか」

「そうだな。これまでのおれたちは、人から桜田の経歴をきいていただけだった。過去に、どこでどんなふうに勤めてきたのか」

詐欺の罪で逮捕された当時の桜田は、松本、岡谷、塩尻に店舗を持つスーパーマーケットの警備員をやっていた。店内を巡回して、客のようすをそれとなくうかがっている。万引きをした人がいると、その人にそっと近寄って、事務室へ連れていく。初めて商品を自分の手提げに入れた人には、説得して帰すが、常習犯を見つけると警察に連絡する。

その間にある男に誘われ、「幸運をもたらす」といううたい文句の金メッキの仏像を、金を持っていそうな人に売り、それを買った人は、またべつの人に約二倍の金額で仏像を売る。仏像を買うかどうしようかを迷っている人がいるという情報をつかむと、その人に会いにいき、かなり強引な押しつけかたをする。これが警察にバレた。

長野県内からは何人もが、「脅しのような口調で金色の仏像を買わされた」という通報が警察に寄せられ、捜査がはじめられたのだった。

桜田が逮捕されたのは京都でだった。警察の捜査が近付いたのを知って、高飛びしていた。

逮捕されたとき彼は四十歳。二十七歳の西池那津美と親密な関係を結んでいた。

彼女は、京都へ逃げた桜田に会いにいったこともあった。

桜田を逮捕したのは岡谷署。京都で彼の行方をさがしまわった末に捕まえたのは、宮坂《みやさか》と花岡《はなおか》刑事だと分かった。宮坂は現在、安曇野署に勤務している。

道原と吉村は、安曇野署へ宮坂に会いにいった。安曇野署は道原の古巣である。彼はこれまで宮坂とは何度か会っていた。

当然だが宮坂は、桜田が富山市から脱走したのを知っていて、

「バカなことをしたものだ」

といった。

「麻倉光信と西池那津美を、この世から消す目的で逃げてきたということでした。桜田は那津美がよほど憎かったんじゃないでしょうか」

道原がいうと、

「桜田は、一途な一面を持った男ですからね」

宮坂は桜田の顔や姿を思い浮かべているようだった。

「困っている人を助けたこともあるのに」

「そう。性格のある面が突起しているような人間なんです。若いとき、京都でも命を張るようにして人を助けたことがあるそうです」

「ほう。どんなときに人助けを……」

「大雨に遭って歩けないので、商店の軒下へ避難していた。商店の人は桜田の濡《ぬ》れた衣服を乾かしてくれていた。そのとき激しい雨のなかで女の子の悲鳴をきいた。桜田は危険を感じたらしく、半裸の格好で外へ飛び出し、四つか五つの女の子を見つけた。女の子は母親と一緒に歩いているうち、母親が川に落ちたんです。それを知った桜田は川辺をさがし歩いて、川で溺《おぼ》れている母親を見つけると川に飛び込んで、助けたんです。……そのことを知った地元の警察と消防は、人命救助の桜田に感謝状でも贈るつもりだったんでしょうが、桜田という名字しか分からず、表彰することができなかった。その大雨の日の出来事は、後日、桜田が知人に話していたんです。それを私たちは京都で、桜田を知っている人からききました。……京都で彼を捕まえて帰る途中、大雨の日に人助けをしたことを桜田に話すと、彼は、『そんなことがありましたね』

といっただけでした」

道原は宮坂に、京都の桜田の知人の氏名と住所をきいた。それは、石山清光《いしやまきよみつ》・京都市東山区本町だった。

桜田はどういう関係から京都の人と知り合ったのかを、宮坂は知っていた。

石山という人は、北アルプスに憧れて、京都の高校生のころから登山にきていた。そして松本の大学に入って卒業した。学生時代は松本の電気工事会社でアルバイトをしていて、大学卒業後、約五年間、電気工事会社に勤めて、天候の安定していそうな日を狙《ねら》っては登山をした。石山は桜田とはその会社で同僚だったのである。

石山は、桜田とは三歳ちがいで現在四十歳。妻と男の子と女の子の四人暮らしで、父親が社長のスポーツ用品の製造販売の会社に従事している。

「富山市で脱走して、松本で知り合いの何人かと会ったあと、桜田がどこへいったのか分からない。岡谷市に住んでいて、会社を経営している来宮新次郎という男を頼ってきて、沢渡の旅館で何人かと密談をした。麻倉光信と西池那津美は殺されたのだから、脱走した桜田の目的は達成されたのだろう。……桜田は来宮からいくらかの金の援助を受けたが、着る物を買ったりしたら、その金は底をついたと思う。彼はどこでどうしているのか」

道原は首をひねった。

「やつは二人を片付けたのだから脱け殻同然だ。山のなかへでも入って、死ぬのを待っているんじゃないか」

宮坂がいった。そうかもしれなかったが、道原は、桜田に会いたかった。

第四章　さすらい

1

安曇野署の宮坂が道原に電話をよこし、「きのうはご苦労さまでした」といったあと、「ちょっとした事件を耳に入れたので」と声を低くした。

「事件とは……」

「上高地の白糸屋《しろいとや》ホテルの従業員が、裏庭へ洗濯した物を干しておいた。それが盗まれたんだ」

白糸屋ホテルは、梓川右岸の河童《かっぱ》橋の近くだ。白壁と赤い屋根の目立つ建物である。左岸からその建物をカメラにおさめる観光客が大勢いる。

宮坂の電話をきいてピンときたのは桜田竹利の存在だ。彼は汚れた着衣を洗ったり干したりすることができないので、ホテルの裏側を思いついたにちがいない。そこには洗った着衣だけでなく、布団や毛布も干してある。

「やつは上高地にいる」

道原は吉村とシマコにいった。

「桜田だとしたら、汚れた物をどうしたんでしょうか」

シマコは瞳を輝かせた。

「捨てているんだろう」

「洗濯物が盗まれたという事件が、上高地の各ホテルに伝われば、屋外には干さなくなるでしょうね」

シマコは、尻ポケットからノートを出すとメモをした。

「いつなにを盗まれたのかをききにいこう」

道原が吉村にいうと、シマコも同行するといった。

桜田は上高地にいることが考えられる。富山市で脱走してから十日あまり経って、沢渡へ来宮新次郎を呼び寄せた。麻倉光信と西池那津美を殺害する目的で長距離を歩いてきた。その間に何度か、二人を殺害するという計画を断念しかけたのではないかと思われる。何度か立ちどまって考え直そうとしたが、怨念《おんねん》が先に立った。生きているあいだは那津美を恨みつづけるにちがいなかった。

そして桜田は脱走した目的を達成した。住むところもないし働くこともできないので、山のなかで首をくくって死ぬかと思っていたが、生への執着を断ち切れないのか、生きているらしい。

道原たちの三人は上高地に着くと、白糸屋ホテルの玄関に立った。客が出払ったホテルは空洞のように静まり返っていたが、奥のほうから掃除機の音がきこえはじめた。

吉村が大きい声で人を呼んだ。「はーい」と女性の声がして、高校生のような顔の女性が駆け出してきた。玄関に立っていた三人が警察官だと知ると、彼女は表情を変えた。

「干していた物を、盗まれたということでしたが」

吉村がきいた。

「はい。おとといのことです」

「なにを盗まれたんですか」

「下着の半袖シャツ二枚と、長袖シャツにズボンです。全部男物です。それからタオルケットが一枚」

吉村とシマコは、彼女の答えをメモした。

「おとといの二日前ですけど、肉と魚の缶詰めが三個なくなりました。盗まれたとしか思えないので、裏口のドアを施錠しています。洗濯物がなくなるなんて、考えもしませんでした」

道原たちはホテルの裏へまわった。庭は細い木を編んだ垣根に囲まれているが、一か所は車が出入りできるようにあいていた。軒下には細かく割った薪が木口をそろえてぎっしり積まれている。きょうはタオルが十枚ばかり干してあった。

話し声をきいたらしく、顎《あご》に髭を生やした男が裏口から出てきた。

「四、五日前ですが、上高地梓川ホテルでは、調理場から野菜の煮物が、鍋《なべ》ごとなくなっていたんです。野宿をしているような人が持っていったんじゃないかっていわれています」

「その鍋は見つかりましたか」

シマコがきいた。

「いまのところ見つかっていないようです」

道原は、鍋のなかの煮物を、手づかみで食べている男の姿を想像した。

「桜田は上高地にいるんじゃないでしょうか」

吉村が空を仰いでいった。白い雲がちぎれて、かたちを変えて東のほうへ流れていった。

「考えられるな。桜田はテントを持っていそうだ。夜は目立たないところへテントを張って寝ているのかも。それにしても夜は寒いだろうな」

道原も秋が深まりつつある澄んだ空に顔を向けた。

「小梨平《こなしだいら》に……」

吉村がつぶやいた。カラマツとダケカンバの疎林のキャンプ場だ。そこにはキャンパーのための水道がある。

三人はそこへいってみることにした。川音から少し遠ざかった、道の脇に大型ザックの三人が腰を下ろしていた。きょうは徳沢《とくさわ》か横尾《よこお》までいって泊まり、あした槍《やり》か穂高へ登る人たちだろう。

小梨平にはバンガローがいくつもあった。そのひとつひとつを見てまわった。テントが三か所に張られていた。声を掛けてみたがだれもいないようだった。昼間は山に登って、夜はこのキャンプ場で寝《やす》む人たちが何人もいるのだろう。

キャンプ場で北の端に近い位置に、最近建てたらしいプレハブの小屋があった。十数人は入れそうな規模だ。すぐ近くに水場がある。桜田がその小屋を利用していそうな気がした。それを道原がいうと吉村は、すぐ近くのバンガローで監視しようといった。

シマコは河童橋脇の売店へ三人の夕食を買いに走った。

彼女は、にぎり飯と、お茶のボトルと、スナック菓子を買ってもどってきた。その直後、小ぶりのリュックを背負った男たちがプレハブ小屋へやってきた。この小屋をベースにして昼間は山に登っている人たちで、頭数を数えると八人だった。全員二十代に見えた。それぞれが入口近くで靴に付いた泥を落として中へ入った。その人たちは食事を終えると、水場で食器を洗ったり、口を濯《すす》いだりしていた。海外遠征にそなえての合宿ではないだろうか、と吉村がいった。

午後八時前にプレハブ小屋の灯りは消えた。道原たちは、交替でプレハブ小屋の出入口を見張っていた。八人以外にプレハブ小屋へ入る人はいなかった。

夜が更けると冬のような寒さになった。梓川の流れの音が小さくきこえていた。樹木のあいだに星がいくつも光っている。手が届きそうなほど近くに見える星もあった。風が出てきて枝が小さく鳴っていた。

朝霧が張りはじめたころにプレハブ小屋の出入口が開いた。若い男たちは両手で胸を囲うようにして出てくると、小屋の前で体操をはじめた。それは十分ほどで終わり、顔や手を洗って小屋へ入った。朝食を摂《と》っているらしかった。

道原と吉村とシマコは、目をこすった。なにごとも起こらなかったことを、目と目で語り合った。

川霧が消えはじめたころ、若い男たちは小型リュックを背負って小屋から出てくると、一列になって林のなかを抜けていった。

「あれっ……」

道原はつぶやいて首をかしげた。

「いま小屋を出ていったのは、九人だった」

「そうです。九人でした。あっ、一人多い」

吉村が小さく叫んだ。

道原たちの三人は若者の八人パーティーを追った。もう一歩で道路に出るところで追いついた。口のまわりに黒い髭を生やしたリーダーらしい男に、身分証を示して、

「あなたたちは八人ですね」

と、道原は各人の顔を確かめた。

「八人です」

リーダーは帽子の庇《ひさし》に手をやった。

「あなたたちが小屋を出るのを見ていたが、たしか九人だった」

「ああ、おじさんみたいな人が、私たちに割り込むように一緒に小屋を出ました」

「その男は……」

「私たちとは逆方向へ」

リーダーは河童橋のほうを指差した。

吉村とシマコは道路に出ると河童橋方向へ走った。

「あなたたちと一緒に小屋を出たのは、桜田という男にちがいない」

小屋のなかでその男はどんなふうだったかを道原はきいた。

「きのう、私たちが小屋にもどり着くと、一番奥の壁にくっつくようにして、寝袋にもぐっていました。私たちは、出入口に近いほうの一角で、着替えをしたり、夕食を摂ったりしていました」

「その男の顔を見ましたか」

「ちらっと見ました。髭が伸びていて、顔立ちなんかは分かりませんでした」

「その男とは会話をしましたか」

「いいえ。一言も話していません」

「その男以外には……」

リーダーは首を横に振った。

道原は男の服装をきいた。

「茶色だったと思いますが、チェックの長袖シャツにジーパン。靴はたしかスニーカーでした。それから背負っていたのは、紺色の新しそうなザックで、ザックの上に寝袋を結わえ付けていました。帽子は大きいマークの付いた野球帽です」

道原はリーダーに礼をいうと河童橋のほうへ走った。

吉村とシマコが開店前の売店から出てきた。店内やレストランを見まわったが不精髭を伸ばした男の姿はないという。

「逃げられたな。桜田は林のなかにでも隠れていて、夕方近くなると、プレハブ小屋へ裏口から入っていたんだろう。寝袋にもぐって、顔を見られないようにしていたんだと思う」

道原は舌打ちした。

上高地のホテルで干しておいた洗濯物が盗まれたことなどが、警察には届けられているのを、桜田は察しているだろう。一か所に長居するのは危険だとして、脱出したようだ。

署にもどると道原は、課長の前で張り込みの失敗を反省した。

「桜田は、秋が深まってきたので、上高地を抜け出したんだよ」

課長は剃《そ》り残した顎の髭を引き抜いた。

2

桜田竹利は知人を頼って、京都へいったことは考えられないか、と吉村がいった。桜田は知人を頼るだけでなく、ある目的があったものと思われる。それは、富山刑務所に収監されていた彼に、彼を刺激するような文面のはがきを送った者がいる。そのはがきの消印はかすれて薄いが「東山」と読めた。京都の東山区で投函されたものらしかった。

京都市東山区には桜田の知り合いがいる。若いころ松本市内の電気工事会社に勤務しているあいだに、京都市出身の石山清光という男と同僚になった。石山は登山好きの関係で信州が好きになり、松本の大学へ入って卒業した。そのあと学生時代にアルバイトをしていたことがある電気工事会社に勤めていた。石山と桜田とは気が合ってか、何度か一緒に山にも登っていた。

その石山が、服役中の桜田の胸をざわつかせるような文面のはがきを匿名で送ったかどうかは怪しかったが、あたってみることにした。

「桜田が詐欺の罪で捕まり、服役中だったことを、石山は知っていたでしょうか」

吉村がいった。

「普段、連絡を取り合うか、消息を伝え合う仲だったとしたら、だれかにきいて知っていただろうな」

「たとえば、年賀状を送ったが届かなかった。なぜだろうと不審を抱けば、知り合いに問い合わせをするでしょうね」

「石山は、松本に何年間かいた人だ。桜田と同じように親しい人がいるかもしれない。そういう人から、桜田の消息は伝えられていたような気がする」

吉村は、列車利用で京都へのいきかたを調べた。

「長野へは篠《しの》ノ井《い》線。金沢まで北陸新幹線。金沢から北陸本線で米原《まいばら》へ。東海道新幹線で京都か。三回乗り替えがあって、列車に乗っているのが五時間あまり。べつの方法は中央本線で名古屋へ約二時間三十分。名古屋から京都へは東海道新幹線で三十分ぐらい……」

シマコは吉村のつぶやきをきいて笑った。中央本線で名古屋へ出るのがあたりまえではないか、といった。吉村は口を閉じて白い目をシマコに向けた。

道原と吉村は、「こうたろう」という人物が、服役中の桜田竹利に送ったはがきのコピーを持って、京都へ向かった。

道原は京都へは何度かきているが、くるたびに京都駅が大きくなっているように感じている。

東山区本町へのいきかたを交番できくと、雪舟寺《せっしゅうじ》のすぐ近くだと教えられた。

「雪舟寺というと、画聖の雪舟《せっしゅう》と縁のあるお寺ですか」

よけいなこととは思ったが、五十歳ぐらいの警官にきいてみた。

「東福寺《とうふくじ》の塔頭《たっちゅう》です。雪舟が造った庭と、美術好きの人には見逃せないもののあるお寺ですよ」

その警官も美術ファンなのか、にこにこして地理を教えてくれた。

東福寺は京都市内で有数の紅葉の名所だ。山裾《やますそ》にまで広がる京都最大級の寺院だというのを、道原は何年も前に人から教えられたことがあった。モミジが色づくころに訪れてみたいと思っているが、その機会が得られないでいる。

石山清光の自宅はすぐ分かった。節のあるスギ材を使った門があった。門扉はぴたりとしまっていた。インターホンに呼び掛けると女性の声が応えた。道原は名乗って、清光さんに会いたいと告げた。

「主人は、工場にいると思います」

妻らしい人が、自宅から二百メートルぐらいの工場の位置を教えた。

工場ではなにを作っているのだろうと、吉村と話しながら教えられた方向に歩いた。

そこには、「石山スポーツ」という黒字の看板が出ていて、一部二階建ては倉庫のようなかたちをしていて、なにかを削っているような小さな音を外へ洩《も》らしていた。あとで分かったが、その工場はゴルフクラブの製造をしているのだった。

石山清光は長身で、髪を短く刈っていた。せまい事務室へ入ってきた道原と吉村が刑事だと知ると、石山は顔色を変えた。その顔色を見た道原は、桜田に関する情報をつかめるという手ごたえを感じた。

石山は目を緊張させながら椅子をすすめた。

彼が出した名刺の肩書は「取締役工場長」だった。

「桜田竹利の消息をご存じですね」

道原が切り出した。

石山は声に出さず、首を動かした。

「桜田の消息を知っていましたか」

「新聞の隅っこにあった、富山市で脱走という記事を読むと、桜田さんのことだったので驚きました。もう少しで刑務所から出られるというのに……」

「桜田はここへきたんですね」

「はい」

「それは、いつですか」

道原は石山の顔をにらんだ。

「おとといです」

上高地の小梨平から登山パーティーにまぎれ込んで、行方が分からなくなった日だ。桜田はその日に里へ出て、松本から列車に乗って京都へ着いたのか。

「じつは私は、新聞記事を見たときから、桜田さんはここへくるんじゃないかと、毎日、ひやひやしていました」

「桜田は、どんな服装でしたか」

「グレーの半袖シャツを着て、カーキ色のジャンパーを持って、紺色のザックを背負っていました。髭は伸び放題で、陽に焼けた顔は真っ黒でした。いきなりここへ入ってきたんですが、最初はだれなのか分かりませんでした」

「彼が服役していたことは、ご存じだったんですね」

「はい。何年か前に松本にいる友人が、桜田さんが捕まったと知らせてきたんです。桜田さんは、男気があるいい人なんですが、どこに勤めても長つづきしなかったようです」

「富山から、なぜ脱走したのかを、おききになりましたか」

「本人からはきいていません」

「以前、付合っていた女性と、その女性が付合っている男を殺すつもりで、逃げてきたんです」

「そのようですね」

石山は、唇を震わせた。

「二人を殺害することを、知り合いの人に頼んだんです。頼まれた人は、知人に依頼して、殺害を実行しました。桜田は殺害には、直接手出しをしなかったんです」

桜田がここを訪ねた目的を道原はきいた。

「桜田さんは、私を見ると、立ったまま、熱いお茶を一杯くれといいました」

「お茶を、一杯……」

石山は従業員にお茶を淹《い》れさせた。

桜田は、ザックを床に下ろしてお茶をうまそうに飲むと、「すまないが、少し用立てくれないか」といった。

手提げ金庫のなかには十五万円入っていた。それに自分の財布にあった五万円を足して渡した。

桜田は礼をいって、ズボンのポケットに金をしまった。これからどうするつもりなのかと石山がきくと、「岡山へでも」といい、「どこへいったかと人にきかれても、知らないといってくれ」といって、十五分か二十分でここを立ち去ったという。

「お金を借りるために立ち寄ったといった格好ですね」

道原がいった。

「ほんとうはもっと話したかったのでしょうが、私はうろたえて落着いていられなかったので……。なんだか私は悪いことをしたような気分のまま、彼を見送りました」

「自首をすすめなかったんですね」

「はい。私はうまく言葉が出なくて、二言三言、話しただけだったような気がします。彼を引きとめて、じっくり話をきいてやるべきだったと、後悔しています」

石山はそういうと目を伏せた。彼はなにかを隠していると道原は読んだ。

道原は、「こうたろう」という人に心あたりがあるかときいた。

「桜田さんにもきかれました。……それはどういう人ですか」

「富山刑務所に服役中の桜田に、心を掻《か》き乱すような手紙を送りつけた人です。それははがきでしたが、消印は『東山』でした。どうやらその人は、桜田に対して悪意を持っていたのではとも受け取れるんです。この付近か、東山区内に、桜田の知り合いが住んでいますか」

「わたしの知るかぎりでは、桜田さんの知り合いは、東山区、いや京都には私以外に知り合いはいなかったと思います」

「石山さんは、捕まる前の桜田が付合っていた女性をご存じですか」

「知りません」

石山は首を強く振った。

桜田は石山に、これからどうするつもりかときかれると、「岡山へでも」と曖昧《あいまい》な答えかたをしたようだ。

「岡山に、桜田の知り合いがいるでしょうか」

「倉敷《くらしき》市にいます。おじいさんの代から織物工場をやっていて、現在は三代目の社長です」

桜田とはどういう知り合いかをきくと、石山と同じで、何年か前まで登山の仲間だったという。

その人は尾花文一《おばなぶんいち》で、住所は岡山県倉敷市水島《みずしま》。自宅と工場は同じ場所だといった。

「石山さんは、その尾花さんを訪ねたことがあるんですね」

「一度あります。ジーンズの生地を織っている工場で、二十人ぐらいが働いていました。とても忙しそうでした」

繁盛しているということらしい。

倉敷市は、岡山県でも広く名を知られているところでは、といった吉村と山陽新幹線に乗り、岡山で山陽本線に乗り替えて倉敷に着いた。

倉敷には美観地区があり、そこには有名な美術館もあるが、見学は後まわしにして、尾花文一という人を訪ねることにした。

京都の石山にきいた住所をタクシーの運転手に告げると、水島署の近くだといった。倉敷市には水島臨海鉄道があって、水島港に近い工場地帯に通じていると運転手はいった。

二階建ての屋根上に「尾花織工」という看板がのっていた。

工場内の天井にはいくつものライトがついていて、整然と並んだ機械を照らしている。歯切れのいい音の機械のあいだから、作業服を着た尾花文一が出てきた。彼は小太りの四十代半ばだ。

彼はタオルを手にして、二人の刑事をせまい事務室へ案内した。刑事の質問の内容を意識してか、彼は緊張した面持ちで椅子をすすめた。

尾花と同じ作業服を着た外国人らしい若い女性が、麦茶のグラスを運んできた。

「お忙しいところを、申し訳ありません」

道原は松本警察署と刷られた名刺を出した。

「桜田竹利がきましたね」

道原は、尾花の下膨れの顔にきいた。

「はい。終業まぢかに工場の入口に立って、私をさがしていたようでした」

「どんな服装でしたか」

「薄汚れしたようなシャツを着て、ジャンパーを手にして、紺のリュックを背負っていました。昼間、京都の石山君から電話があって、『桜田がいくと思う』っていわれていました」

尾花も、桜田が富山市から脱走したことを知っていた。訪ねてくることなど想像していなかったが、石山から電話を受けて、事情を知り、身震いしたという。

「桜田が、石山君のところへ立ち寄った理由《わけ》をきくと、お金が必要だったらしいといわれました。桜田は石山君のところに十五分か二十分いたきりということでした。……これからどうするつもりかと、私は、リュックを背負ったまま立っている桜田にききました。すると彼は、アテはないと答えました」

「桜田は、金を貸して欲しいといったでしょうね」

　道原はきいた。

「石山君からきいていたので、私は少し用意していました」

「いくら……」

「五十万円です。犯罪者にそういうことをするのは罪だと分かっていましたけど……。私は疲れているにちがいない桜田に、『一晩、泊まっていけ』といいました。すると彼は頭を下げて、『迷惑がかかるから』といって、渡した金をポケットに入れると、唇を嚙《か》んで……」

　尾花も唇を嚙むと声を震わせた。

「尾花さんは、桜田に、これからどこへいくのかをおききになったでしょうね」

「ききました」

「桜田は、なんて答えましたか」

「いき先は口にしませんでしたが、彼は妙なことをききました」

「妙なこと……」

「『こうたろう』という名の人物に心当たりはないかって」

「ありましたか」

「いいえ。石山君にも同じことをきいたそうです。『こうたろう』という名の人をさがしているようだったので、それはどういう人かと私は桜田にききましたが、彼は答えませんでした。名字は分からず、ただ『こうたろう』といっただけでした」

道原は、服役中の桜田に届けられた「こうたろう」という差出人のはがきのことを話した。

やや伏し目がちにきいていた尾花は、はがきに書かれていた文章の意味が分からないといったので、道原が、麻倉光信と西池那津美の間柄を説明し、逮捕される前の桜田は、西池那津美と親密な間柄だったのだと話した。意味を呑み込んだ尾花は、

「それ、桜田に対しての悪意じゃないでしょうか」

と、一点を見据えていった。

「桜田に、知り合いの消息を知らせているようですが、気持ちをざわつかせようという手段だったようにも受け取れます」

「手も足も出せない桜田を、悩ませようとしたのでしょうね」

冷酷なやつがいるものだといいたいらしく、尾花は両方の拳《こぶし》を固くにぎった。

桜田は、「こうたろう」という人物をさがしている。どこのだれなのか見当がつかないからか、桜田は石山にも、「『こうたろう』を知らないか」ときいたらしい。

「こうたろう」は、自分が出したはがきによって、桜田が脱走するとまでは考えなかったのではないだろうか。脱走を知ったとしたら、やがて自分のところへ押しかけてくるのではと、小さな物音にも震えていそうだ。

吉村は、「こうたろう」は女性かもしれないといったことがあった。女性だとしたら怨《うら》みの原因は嫉妬《しっと》だろうか。だれに対しての怨みだろうか。

3

道原と吉村は倉敷に泊まることにした。昼間は観光客でにぎわっていた美観地区を通り越したところに旅館があるのを知った。美観地区には大きくて有名なホテルがあるが、出張の警察官にはそういうところへの宿泊はゆるされていない。

美観地区の隣の、倉敷川沿いで旅館を見つけた。

割烹《かっぽう》旅館の風情のある玄関へ入ると、すぐに中年の女性が出てきた。その人は、かすりの着物だった。空室はあった。

道原たちにはたびたび地方出張があるが、純和風の旅館へ入ることはめったにない。

「この街にこういう旅館は似合っていますね」

二階の部屋へ案内されると吉村は、障子を開けた。川沿いは暗いが少しはなれた住宅街には灯りが点々と見えた。

尾花文一に会ったあと桜田は、この街の旅館かビジネスホテルにでも泊まったのではないか。彼も窓を開けて、観光地を眺めただろうか。灯りの下で家族がそろって夕食を摂っているようすを、目に映しただろうか。自分にはそういう日常はやってこないと諦《あきら》めていたような気がする。

桜田は、麻倉光信と西池那津美が憎くてならなかった。二人をこの世から葬ることができれば、あとは死んでもかまわないと決めて、脱走したにちがいない。

他人に依頼して、二人を消すことに成功したが、そのためにあらたに犯罪者を生む結果になった。自分とは無縁の男が二人を始末した。ほんとうは自分の手で、那津美の首を絞めたかっただろう。

麻倉と那津美は、桜田の怨念が通じて奈落の底へと落ちていったので、今度は自分が死ぬ方法を考えるべきだったが、邪悪の神はそれを赦《ゆる》さなかった。そもそも二人を葬る計画で脱走したのは、「こうたろう」と称する人物の差し金があったからだ。「こうたろう」からの来信がなかったら、刑期を終え、大空に向かって深呼吸ができたのだ。「二度ともどってくるなよ」と刑務官にいわれ、健全な考え方と生き方をする人間に生まれ変わっていたかもしれない――

「『こうたろう』だ」

道原は、川面を揺らしている灯を見ながらつぶやいた。

道原と吉村は、銚子の酒を一本ずつ飲んで、畳の部屋の布団に手足を伸ばした。

翌朝二人は、倉敷川に沿う道を歩いた。石造りの橋があって、そこからが美観地区だった。

川の両岸にはヤナギの木が並び、垂れた枝が川面を撫《な》でている。川水は澄んでいて、色とりどりの鯉《こい》が泳いでいた。ところどころに植えられたハギが満開に近づいていた。瓦屋根になまこ壁の家並みは、江戸時代から米や綿花などを扱う商人たちの屋敷だった。それが現在は、旅館や、料理店や、カフェや、みやげ物店として営まれている。ヤナギの下でこの風景を写生している人たちがいた。

また石の橋があって、洋風建築の大原美術館があらわれた。

美術館へ入った。無言で絵画を観ている人たちが何人もいた。道原は一点の絵の前で動けなくなった。児島虎次郎《こじまとらじろう》の［里の水車］に吸い寄せられた。農家の地下室のようなところだ。床几《しょうぎ》に腰掛けている母親は胸の前をはだけたまま赤子を抱いている。その母親の前に十代と思われる女の子がすわっている。女の子は白い手拭《てぬぐい》をかぶり、紺の着物に赤い柄の帯を締め、縞の前掛けをしている。農作業の合い間のひと休みといった風情だが、女の子の手つきが一家の役に立っているように見える。

吉村はその絵をちらりと観ただけで先のほうへ進んでいってしまった。

二人は、総合文化施設の倉敷アイビースクエアを入ったところで［この地のいわれ］という案内板を読んだ。

［古来この付近一帯は「小野が城」または「城の内」と呼ばれ、戦国時代の砦《とりで》の跡といわれる。慶長五年（西暦一六〇〇）関が原の合戦で東軍が勝利を得てから、この地は徳川幕府の直領（天領）となった］

道原のポケットで電話が鳴った。三船課長が、「伝さん、いまどこにいるんだ」とききそうな気がした。が、相手は尾花文一だった。

「思い出したことがあります。忘れていましたが、ゆうべ寝床に入ってから、一人の男を思い出したんです。……十年ぐらい前だったと思います。岳沢《だけさわ》の山小屋で、広島から単独で穂高へ登りにきていた男と一緒になりました。フルネームを思い出せなかったので、けさ、古い日記帳を繰って、その男と会った日を見つけました。神野邦彦《じんのくにひこ》さんでした。桜田は広島へいった折に、神野さんに会っています。神野さんに案内されて宮島《みやじま》へいき、厳島《いつくしま》神社を参拝して、弥山《みせん》へ登って、瀬戸内海を見下ろしたんです。そのときのことを桜田は、あんな美しい海の景色を眺めたのは初めてだといっていました。……神野さんは、広島市の中心部でホテルを経営している人で、たしか私と同い歳の四十六歳です。私が松本へいったとき桜田は、神野さんと松本で会ったといっていました」

尾花は、神野邦彦の住所とホテルの名を教えた。

道原は尾花に礼をいって電話を切ると、

「広島か」

と、吉村の顔を見てつぶやいた。

倉敷の街をじっくり見て歩いてはいられなくなった。

新倉敷から山陽新幹線に乗って、広島に着いた。乗客の半数ぐらいがここで降車した。広島には大工業地帯があるので降車した人の大半はビジネスマンのようだ。

この駅も大きい。タクシー乗り場へ着くのに十分以上を要した。

タクシーを利用する人の長い列について、周辺のぎっしりと建ち並んだビルを眺めていた。七十数年前、この街が一度は焼け野原になったことが信じられなかった。

乗ったタクシーに「シトラス」というホテルへいきたいが、分かるかというと、

「そこは太田川《おおたがわ》の相生橋《あいおいばし》を渡ったところです」

運転手は前を向いて答えた。

太田川とか相生橋の名をきいた憶えがあったので、それをいうと、

「元安川《もとやすがわ》と旧太田川の分岐点で、その脇が原爆ドームです」

広島は川の街だ。タクシーは、猿猴川《えんこうがわ》と京橋川《きょうばしがわ》に架かる橋を渡った。

相生橋のたもとでいったん降ろしてもらった。道原と吉村は、原爆ドームを向いて手を合わせた。人類史上最初の原子爆弾による被爆の惨禍を伝える証人であり、核兵器廃絶と恒久平和を求める誓いのシンボルだ。

川をのぞくと、白い船が海に向かって滑っていた。宮島へ向かう船のようだ。

シトラスホテルは、相生通りに面していた。窓を数えると十二階建てらしい。地上から半分ぐらいの高さがベージュで、その上は薄いグレーである。

「大きいホテルですね」

吉村は曇った空を衝いているホテルを仰いだ。

ドアを入ると、コーヒーのような色の絨毯《じゅうたん》がフロントにつながっていた。ロビーのソファには一組のカップルがいるだけで静まり返っている。

フロントには三人が立っていて、一斉に頭を下げた。一人は外国人のような顔立ちの女性だった。

「神野邦彦さんにお会いしたいのですが」

道原が、メガネを掛けているフロント係に告げた。

「社長ですね。どちらさまでしょうか」

ときかれたので、道原は身分証をちらりと示した。男が、

「少々お待ちください」

といって背中を向けた。フロントの奥が事務室らしい。
五、六分経ってメガネの男がフロントへもどってきた。
「社長は外出中です。申し訳ありませんが、ただいま手がはなせないそうです」

「そう。では待たせていただきます」

「あの、どちらの警察の方でしょうか」

「長野県警です」

「では、あちらでどうぞ」

フロント係は一瞬、困ったような表情をしてから角柱の横のソファを指差した。

三十分あまりが経過した。フロント係の男がソファへやってきて姿勢を低くすると、

「社長は間もなくもどってまいりますので、こちらへどうぞ」

といって、事務室の奥の応接室へ案内した。壁には絵が飾られていた。黄色のドレスを着てソファで本を読んでいる若い女性の絵だ。道原はその絵をじっと見てから腰を下ろした。

なんの物音もしない部屋だったが、事務室で鳴る電話の音だけがかすかにきこえた。

女性の社員が冷たいお茶を置いて去った。入れ替わるように上質のスーツを着た中背の男が入ってきた。その人が社長の神野邦彦だった。神野は名刺を交換したとき、にこりとしたが、椅子に腰を下ろすと眉を寄せた。瞳に火が飛び込んだように光っていた。

「桜田竹利がきましたね」

神野は顎を引くと、いままである場所で桜田に会っていたのだと答えた。

「二時間ほど前に、桜田さんが電話をよこしました」

「すぐにお会いになったんですね」

「はい。市内のあるところで……」

「彼が、なにをやってきたかを、ご存じですね」

「先月、新聞で読んでびっくりしました。私は、桜田さんが警察に捕まったことは知りませんでした。一昨年のことですが、私は外国からのお客さまを上高地へ案内することになりました。もしひまがあったら桜田さんに会いたいと思ったので、松本のホテルに着くと電話しました。ところが通じないので、桜田さんの知り合いの方に電話しました。桜田さんのケータイの番号をきくつもりでした。……その方から桜田さんは暗いところに入っているのをきいて、驚いたんです。……なにがあったのか、どうしてなのか、桜田さんは、富山市内で社会見学中に脱走した。驚くことばかりでした」

「桜田は脱走して、重大事件に関与しました。そのあとは野宿のようなことをして、知り合いの人を頼って旅をしているようです。きのうの夕方は倉敷で、尾花文一さんを訪ねています」

「尾花さんを……」

　道原は、刑期終えが近づいていた桜田がなぜ脱走したのかを話した。

「さっき、桜田さんからききました。人生が台無しになるのは分かっていたが、自分を抑えることができなかったといっていました。……陽に焼けて、疲れはてているように見えました。私は、自首をすすめるべきだと思いながら、それをいい出せませんでした。桜田さんが、やらなくてはならないことが残っているといったからです。……脱走した人に会った私は、罪になるのでしょうか」

「なります。脱走犯人の手助けをした。……あなたは、桜田にお金を渡したでしょ」

「はい。少し」

道原はその金額をきいたが、神野は首を横にして答えなかった。

道原は、白い天井に目を向けて五、六分黙っていた。

「桜田とは、どこで会ったんですか」

「ビジネスホテルです」

「どこの……」

「広島駅近くの……」

神野はホテルの名を忘れたのか、それとも答えないことにしたのか、口を閉じた。

「桜田は、これからどうするのか、どこへいくのかを話しましたか」

「それを私がきくと、ある人をさがすつもりだが、どうするかはこれから考えるといっていました。話しながら何度か目を瞑りましたので、かなり疲れているのだろうと思いました」

「桜田は、刑務所へはがきを送った『こうたろう』という人をさがしているんです。神野さんにはお心当たりがありますか」

神野は首をゆるく横に振った。

「『こうたろう』という人をさがしあてて、会ったとしたら、どうするのかは分かりませんが、もしかしたら死ぬ気かも。あるいは自首することも考えられます」

道原は、「こうたろう」のはがきは「東山」というところから投函されているのを話した。

「桜田が、これから頼っていきそうな人を、ご存じでしょうか」

「さあ、私には分かりません」

桜田が、なぜ知り合いの人たちを訪ねているのかを、道原は考えている。「こうたろう」という人をさがしあてるのが目的なのか。

道原は、神野と桜田が会ったというビジネスホテルの名をあらためてきいた。

「ニュー花笠《はながさ》というホテルです」

道原と吉村は、シトラスホテルを飛び出してタクシーに乗った。

ニュー花笠はすぐに分かった。フロントには四十歳ぐらいの女性が立っていた。道原は身分証を示して、桜田竹利という男が入っているはずだがときくと、そういう名の客はいないが、急に出ていった人ではないかといった。

「その方は、中村武男《なかむらたけお》というお名前でチェックインしましたけど、さきほど急に、チェックアウトされました」

一足ちがいで逃げられたのだ。刑事が追いかけてくるのを予期し、宿泊は危険だと感じたにちがいない。

桜田は、警察が知り合いの存在をつかみ、京都の石山、倉敷の尾花、そして広島の神野を訪ねているにちがいないと読み、追跡してくるのを予感したのだろう。

道原は、広島駅を見ながら三船課長に電話した。

「桜田のいき先が不明なら、もどってきてくれ。生きているうちにやつを捕まえたいが、追いかける方法をあらためて検討し直そう。……神野というホテルの社長は、桜田にいくら渡したんだ」

「分かりません。少し、といっただけでした」

「少しか。いろんなふうに受け取れるな」

課長は電話を切った。道原と吉村は、曇り空を仰ぎながら駅舎へ入った。チケットの券売機を見つけたところへ、課長が電話をよこした。

「伝さん。ちょっと待て」
課長は道原たちの動きを見ているようないいかたをした。

4

三船課長は電話で、シトラスホテル社長の神野邦彦から目をはなすなといった。桜田竹利をビジネスホテルに招いて話し合ったが、思いついたことでもあって、ホテルから逃したのではないかと課長は気付いたようだ。

桜田は脱走犯人だ。彼は富山市から松本市まで歩いて逃げてきた。そして恨みのある二人を、人を使って殺させた。再度捕まれば死刑になる可能性のある人間だ。世捨て人同然だ。

彼は、刑務所へお節介な便りを送りつけた「こうたろう」という人物をさがしている。さがしあてたとしたら、殺害するかもしれない。そうしたら自殺も考えるだろう――そういう男が訪ねてきた。雇ってくれといったかどうかは分からない。殺人事件に関与した者を雇うことはできないが、べつに使いみちがありそうだと神野は考えたとしたらどうだろう、と、課長は気付いたらしい。

道原と吉村は広い相生通りの反対側からシトラスホテルをにらんだり、ホテルの脇に立ったりした。社長の神野が外出するとすれば地階の駐車場から車を運転して出てきそうだ。社長の専用車には運転手がついているのだろうか。はたしてどのような車に乗っているのかなどを、二人は話しながら張り込んでいた。

張り込みをはじめて三十分ほど経ったところへ、神野が通用口から出てきた。彼はホテルの正面玄関前に立つと、走ってきたタクシーに乗った。

「タクシーか」

意外な気がした道原と吉村は、つづいて玄関前へ走り寄ってきたタクシーに乗り、前を走っているタクシーを尾《つ》けてくれと頼んだ。運転手は無言でうなずいた。

神野が乗ったタクシーは原爆ドームを右手に見て進み、広い交差点を右折した。一キロぐらい走ると左折し、百メートルほどのところでとまった。神野はタクシーを降りると鶯《うぐいす》色のビルの角を曲がって、入口に花を飾っているレストランへ入った。夕食をこの店で摂るのだろうか。

ガラス越しに神野の姿が見えた。テーブルには白いクロスが敷かれている。彼が入って五、六分後、白地にブルーの縦縞のワンピースを着て、白いバッグを持った女性が入ってきて、神野の鉤《かぎ》の手の椅子に腰掛けた。歳格好は三十歳ぐらいだ。わりに背が高い。

「デートか」

吉村は地面を蹴《け》った。

「商談かもしれないよ」

道原は窓越しに見える二人を横目に入れた。

白い上着の男が、二人にワインを注いでいた。

「結構なご身分ですね」

吉村は口をゆがめた。彼は空腹を感じてか、腹をさすった。

神野がレストランへ入って三十分ほど経った。紺のスーツの男が店へ入ると、神野と女性のテーブルへ近寄っておじぎをした。道原と吉村は目をこすった。男は白いワイシャツの襟を見せているが、ネクタイを締めてはいなかった。道原と吉村は目を丸くしてうなずき合った。紺のスーツの男は桜田竹利だった。どこで洋服を仕入れ、風呂に入り、不精髭を落としたのか、手にはなにも持っていないようだ。

彼は一礼すると腰掛けた。白服のボーイが桜田のグラスにワインを注いだ。

「どういうことでしょうか」

吉村は首をかしげた。

「神野の指示だろう」

神野と桜田は、ビジネスホテルで会った。そこでなにやら相談をしたのだろう。

桜田は刑事の追跡から逃れるようにビジネスホテルを出ていった。たぶん神野の指示でべつのホテルへ移ったのだろう。そこで服装をととのえたにちがいない。そしてレストランへ呼び寄せた。話し合うことがあった。それは他人には知られてはならない密談ではないだろうか。

桜田は脱走犯である。逃亡しただけでなく、男女の殺害を他人に依頼した人間だ。そういう者が訪ねてきたら、早く立ち去ってくれという態度をとるのが普通の人だ。ところが神野邦彦は変わっている。まるで桜田を歓待しているようではないか。

ボーイは、三人のテーブルへ白い皿を何度も運んでいる。神野は女性に桜田をなんといって紹介したのだろう。まさか、服役中なのに刑務官のスキを衝いて脱走してきた男だなどとはいえないだろう。

レストランへはカップルの客が二組入った。いずれもととのった服装の人たちだ。

桜田がやってきてから一時間あまりが経った。女性が立ち上ると桜田が椅子を立った。ボーイが駆け寄った。神野が伝票にサインをしたようだ。

道原と吉村は、隣のビルの脇へ隠れた。神野たち三人はタクシーに乗った。道原たちもつづいて走ってきたタクシーに乗り、神野たちが乗ったタクシーを尾けた。中央通りという案内板が出ているところで、桜田だけが降りた。彼を吉村が尾けた。神野と女性が乗ったタクシーは、中央通りを右折して、百メートルばかりのところで二人は降りた。二人はビルのエレベーターで四階へ昇った。そのビルにはクラブやバーが三十店ぐらい入っている。四階にも五つの店が入っている。神野と女性はそのうちの一軒へ入ったにちがいない。女性は水商売らしくない服装だったが、クラブに勤めている人かもしれなかった。

吉村から電話があった。タクシーを降りた桜田は、立町《たてまち》アリスタというホテルへ入ったといった。どんなホテルかときくと、新しそうなシティホテルだという。彼はそこへ泊まるのだろう。ビジネスホテルから立町アリスタホテルへ移動した。これは神野の指図にちがいない。

神野は、浮浪者のような格好をしていた桜田の服装をあらためさせて、高級感のあるレストランへ招《よ》んだ。そして女性との会食の席に加えた。世間に知れたら問題になる行為である。

恨めしいことに、雨が降りだした。シャッターが下りている商店の軒下へ雨宿りに入ったところへ三船課長が電話をよこした。道原はこれまで見てきた神野と桜田の行動を伝えた。

「事態は深刻だ。伝さんたちは広島中央署へいってくれ。桜田竹利が広島にいることはすでに伝えてある。たぶんすぐに捕まえるというだろうが……」

課長は、桜田がこれからどこへいくかを監視したいらしかった。


広島中央署の刑事課へいくと、十人ぐらいが刑事課長を取り囲んでいた。脱走犯を捕まえるための方法を検討しているらしかった。富山市で脱走し、松本市で恨みのある男女殺害を指示した男を逮捕する。その男・桜田竹利がいまどこにいるかの情報が入るのを待っていたのだ。

道原と吉村が、「松本署員です」と告げると、何人かが唸《うな》るような声を出した。

「桜田竹利の居場所が分かりましたか」

刑事課長が目を丸くした。

「中央通りの立町アリスタホテルです」

道原がいうと、「新しいホテルだ」と野太い声がいった。そのホテルの場所と造りを知っているのだろう。

課長の指示で五人が捕《と》りにいくことになった。道原と吉村が同行するので七人だ。

三台の車に分乗して立町アリスタホテルに着いた。大規模のホテルではないが新しい。

フロントには男が二人立っていた。

桜田は偽名でチェックインしたと思うが、本名をいって、泊まっているかをきいた。

フロント係はパソコンを確かめた。

「そういう方はいらっしゃいません」

予想した答えだった。吉村が桜田の写真をフロント係に見せた。フロントの二人は写真をじっと見て、

「中村武男さんという方では」

一人がいった。ニュー花笠で使った偽名だ。

「その方は、二時間ぐらい前にチェックアウトなさいました」

「そうだと思う」

「しまった」

道原と吉村は顔を見合わせた。

桜田は、一か所に長時間いるのは危険だと踏み、寝《やす》む場所を変えたのだろう。あるいは神野が「ホテルを移るように」と指示したということも考えられる。

広島市内にはホテルがたくさんある。その一軒一軒を聞き込みしたところで桜田を

さがしあてるのは不可能ではないか。

道原は、桜田を追跡しながら目をはなしたことを後悔した。

二人のフロント係に、中村武男と名乗って宿泊するはずだったが、急に変更し、チェックアウトした男の服装を尋ねた。

二人は顔を見合わせていたが、年長のほうが、

「紺のスーツをお召しになっていて、大きめの黒い鞄《かばん》をお持ちでした」

桜田は紺色のリュックを背負っていたようだが、それを黒い鞄に押し込んだのだろうか。京都の石山、倉敷の尾花を訪ねたさいとは別人のような装《な》りになっているらしい。

立町アリスタホテルへ駆けつけた一行は、首を垂れて署へもどった。課長は顔色を変えて県内全域に緊急配備を指示した。

「シトラスホテル社長の神野がなんとなく怪しい。神野は桜田をレストランへ招んで、一緒に食事をした。逃亡者に食事を奢《おご》る。普通の人のやることじゃない。なにか魂胆があるんじゃないかって思うが、どうか」

大柄の係長が捜査員の一行にいった。

「ホテルを移動させたり、桜田の服装を変えさせたりしたのは、神野の指示のような

気がします。神野は、桜田をしばらく広島に滞在させておきたいのではないでしょうか」

道原がいうと、課長と係長はうなずいた。

道原は係長に、あしたから神野邦彦の身辺を調べることを断わった。

広島中央署には、所轄内の主な企業の主な役員の名と住所の記録があった。神野邦彦の住所は広島市広瀬北町だった。

第五章　旅の果て

1

　神野邦彦の自宅は、天満川《てんまがわ》に近い公園のすぐ近くの一部三階建ての豪邸だった。両親の住む家も近くだが、その家の倍ほどの広さだ。

　ホテルは、元燃料商の邦彦の祖父が開業し、それを父が受け継いで何度か改築して、邦彦が現在のすがたにしたのだという。彼は現在四十六歳。広島の業界では若手の実業家だといわれている。

　邦彦は、地元の高校を卒業すると京都の大学へ進んだ。大学を卒業すると京都のホテルに就職し、三十歳のころ広島へもどって、父親が社長のシトラスホテルの経営に参加し、十年後に社長を継いだ。高校時代から登山が好きで、登った山で撮った植物や動物の写真を、ホテルの通路に飾っている。

家族は、妻と娘が二人。妻は声楽家だったが、いまはその活動をしていない。

道原はシトラスホテルに電話して、社長につないでもらった。

電話に出た社長の神野に、会いたいが、ホテルへうかがってよいかときくと、「三十分後にどうぞ」といわれた。来客があったようだ。

きっかり三十分後にホテルのフロントに声を掛けた。

神野は応接室にいた。薄茶の縞《しま》の麻のジャケットを着て、微笑の顔で道原と吉村を迎えたが目の底は光っている。

「桜田竹利は、ここ何日か広島にいるようですが、神野さんが引きとめているんですか」

道原がいった。

「私は彼を引きとめてなんか……」

「桜田は、ビジネスホテルに入ったが、急になにを思いついてか、チェックアウトした。どこへいったのか分からなかったが、立町アリスタホテルへ移っていた。ところが、夜になってから、すっかり服装を変えて、そのホテルもチェックアウトした。長居しているると発見され、捕まりそうだと感じて移動しているのでしょうが、それは神野さんの指示ですね」

道原は、神野が女性をまじえて桜田と食事したことを省いた。行動を監視されていることを知られるからだ。

「私は桜田さんに指示なんか」

「神野さんには、なにかお考えがあって、それで桜田を引きとめているのではありませんか」

「なにをおっしゃいます。桜田さんは二度と私のところへは、こないと思います」

神野の目は、道原の顔をまともに見ていなかった。

「桜田に指示を出したり、かくまったりすると、罪になりますよ」

「分かっています。彼もそれは、承知しているでしょう」

神野は、腕の時計にちらりと視線をあてた。来客か、外出の予定でもあるのか、それとも刑事に、早く帰れというポーズなのか。

道原は、桜田に関する情報が入ったら知らせてくれといって、椅子を立った。

道原と吉村はシトラスホテルを出ると、三船課長に電話を入れた。神野邦彦の動向監視については広島中央署に委ねることにして、帰署するといった。

「いや、伝さん、ちょっと待て。桜田はまだ広島にいるんじゃないのか。やつは逃げ場を失ったからじゃない。神野が引きとめているような気がするんだ。神野がやつを引きとめているのだとすると、これからも桜田に会うにちがいない。広島中央署と協力して、伝さんと吉村は神野を監視してくれ。不自由なことがあるだろうが、もうしばらく頑張ってくれないか」

「いえ、不自由なことなんか」

道原は、広島の川面を見ながら、少し声を大きくした。

道原たちはレンタカーを調達した。その車に乗って、シトラスホテルから出てくる車や人が見える地点にとめた。

夕方になると、乗用車やタクシーがさかんにホテルの玄関にとまるようになった。マイクロバスも着いて、十人ばかりが降りて玄関へ入った。ワゴン車が通用口に着いて、花束を抱えた女性が入っていった。ドアに洋菓子店と書かれている車もやってきた。

通用口から神野が出てきた。彼は左右に目を配るようにしてから正面玄関へまわって、タクシーに乗った。そして基町《もとまち》のデパートの前でタクシーを捨てた。そこでも神野は左右に首をまわした。交差点の信号を渡ると百メートルほど歩いて、中華レストランへ入った。その店は人気があるらしく、十分ばかりのあいだにカップルが三組入った。レストランの内側には白いカーテンが張られていて店の内部を見ることはできなかった。

「神野はだれかと会っているのかな」

吉村がそういったところへ、紺のスーツの男が、店を確かめるように上下と左右を見てからその中華レストランへ入った。その男は紛れもなく桜田竹利だった。神野と桜田は食事を摂りながら密談をするのだろうか。その席へ加わる人がいるのだろうか。

三船課長の推測はあたっているようだ。服役中なのに脱走し、他人に殺人を依頼し、そのあとも逃走をつづけている男と神野は何度も食事をともにしている。神野は桜田を使いみちのある男とみて、相談をしかけているようにみえるのだった。

レストランの出入口をにらんでいると、食事を終えて出てくる人たちもいれば、入っていく人もいた。細かい花柄のワンピース姿の二十代後半らしい女性が一人で入っていった。何人かで食事をする人なのだろう。

道原たちは、神野が桜田をまじえて、何人で食事をしているのかを知りたかった。食事を終えて、一人ずつ店を出てくるのだとしたら、神野が桜田以外にどういう人と会っていたかが分からない。

店の人に確認してもらう手もあったが、出てくるのをじっと待つことにした。

九月も下旬だが、今夜は風がなくて暑かった。道原は何度も首にハンカチをあてた。腹の虫は、なにか食わせろと一時間ほど前から騒いでいる。張り込みには慣れているが、立ちっぱなしなので足が痛んだ。

神野がレストランへ入って二時間近くが経った。道原と吉村は、店の出入口を見ながら道路の反対側へ移った。神野が店を出てきた。単独だ。彼は店の前でタクシーを拾って消えた。桜田は店内に残っているはずである。
十四、五分後、桜田が女性と一緒に出てきた。女性は細かい花柄のワンピースの人だった。神野は、桜田と花柄のワンピースの女性との三人で食事をしたらしい。
桜田と女性は店の前で左右に別れた。道原は女性の後を尾けることにした。吉村は桜田を追う。

女性は、グレーかベージュのバッグを腕に掛けてゆっくり歩いた。飲酒のせいか、十歩ばかり歩いては立ちどまった。色白で身長は一六〇センチぐらいで痩《や》せている。会社勤めの人ではないかと道原は想像して、二、三十メートル後を背中を見ながら尾行した。歩いて帰宅するのだとしたら、住所はそう遠くはないのだろう。

そう思ったが、彼女は交差点の手前でタクシーをとめた。道原も後続のタクシーに乗り、前を走るタクシーを尾けてくれと頼んだ。信号をいくつか越えて、十四、五分走ったところで、彼女はタクシーを降りた。

そこはレンガ造りのマンションの前で、彼女は薄暗いエントランスへ入っていった。すぐにエレベーターに乗ったらしい。小さな光のボタンは五階でとまっていた。五階には七室がある。そのメールボックスを見ると、五つの函に名札が入っていた。その五つの名字をメモした。そのマンションの所在地は上幟町《かみのぼりちょう》だった。

マンションを出たところへ吉村から電話が入った。

「桜田は、京橋川沿いのグレイスホテルに入りました」

そこをまた抜け出すかもしれないので、張り込んでいる、と吉村はかすれ声でいった。

道原は通行人にきいてコンビニへ飛び込んだ。にぎり飯とお茶のペットボトルを買って、タクシーを拾った。

吉村は、レンタカーを道路にとめ、ホテルを取り巻くようにつくられた花壇のブロックに腰掛けて、出入口のほうを向いていた。

二人は、薄暗い一画でホテルの出入口をにらみながらにぎり飯を食べた。道路を通る人は二人を不審者と見ているようだった。午後十時になると付近のビルの窓の灯りは消え、歩く人も少なくなった。

広島中央署へ応援を頼むことにし、道原と吉村は車のなかで交替で眠る。眠っておかないとあすの仕事にさしつかえるからだ。

広島中央署からは四人が応援にやってきた。彼らはパンとコーヒーを買ってきてくれた。


夜が明けた。わずかに頭が痛い。目をこすった。冷たくなった缶コーヒーを一口飲んだ。道原の頭に、細かい花柄のワンピースの女性の後ろ姿が浮かんだ。昨夜、基町の中華レストランで、神野と桜田に会った人だ。道原はその女性に会ってみることを思いついた。氏名を知らない。マンションのどの部屋に住んでいるのかも分からない。上幟町のマンションの位置だけが分かっている。

朝七時。道原はそのマンションの出入口近くに立った。目当ての女性が勤め人なら八時ごろには出てきそうだ。

マンションからは、男も女も吐き出されていった。なかには走っていく人もいた。四、五歳に見える女の子と手をつないでいく女性もいた。

目当ての女性がマンションを出てきたのは十時近くだった。けさの彼女はジーパンにスニーカーだ。白い布袋を持って縮景園前《しゅっけいえんまえ》停留所から電車に乗り、八丁堀《はっちょうぼり》で降りた。広い交差点角のデパートへ入った。きょうの彼女は休日なのか。足取りもゆったりしている。医薬品やサプリメントの売り場と日用雑貨のフロアに入り、なにかを買った。

秋物を並べている女性服売り場を横目に入れて、帽子のコーナーで立ちどまった。いくつかの帽子をかぶり、鏡に映っていた。帽子をひとつ買ったようで、紙袋を提げて出てきた。地階へ下りた。買い物客が大勢いた。彼女は菓子売り場でなにかを買い、自分の布袋に入れた。

エスカレーターで一階へ上がり、出口のほうへ歩きかけたが立ちどまり、考えごとでもするようにじっと立っていたが、くるりと回転し、女性向けのスポーツ衣料品売り場へ入った。彼女は店員と会話し、シャツらしい物を何着か胸にあてていた。そこでもなにかを買ったように見えた。

彼女がデパートを一歩出たところで、道原は声を掛けた。彼女は驚いたらしい。二、三歩退くと道原の正体を確かめる目つきをした。彼は身分証を見せ、昨夕、中華レストランへ入るところを見たのだといった。彼女はますます警戒するような表情をした。

「うかがいたいことがあるので、カフェへでも」

彼女は道原の顔を見ながらうなずいた。

停留所の前のビルの一階がカフェだった。店内はすいていた。窓辺の席で向かい合うと、

「きのうは、中華レストランで、神野邦彦さんと桜田竹利とで食事をしましたね」

道原は声を落としていった。

「わたしたちが食事しているところを、見ていたんですか」

色白の彼女は、かたちのいい唇を動かした。目の光りかたは恨めしそうだ。

「レストランへ入るところを見たんです」

「なぜですか」

彼女は眉間《みけん》を険しくして道原の顔を凝視した。

「神野さんの行動を監視する必要があったからです」

「神野さんの、なにを調べているんですか」

「どういう人と会っているのかを知ることにしていたんです。理由はいえません。行動を内密に調べていたのですから」

「刑事さんは、わたしが食事を一緒にした人を、神野さんと、桜田なんとかさんとお

っしゃいましたね」

彼女は、わりに歯切れのいい話し方をする。

「桜田竹利です」

「わたしには、中村《なかむら》さんと紹介されましたけど……」

「正確な名前を隠したのでしょう」

「どうしてでしょうか」

「複雑な事情を抱えている男ですので」

「複雑な事情……」

彼女は小さい声でいうと首をかしげたが、それ以上きこうとはしなかった。

道原は彼女の名をきいた。

「久保川美鈴《くぼかわみすず》です。刑事さんは、わたしのことを調べるんですか」

「神野さんとは、どういう間柄かだけは教えてください」

「一年ちょっと前まで、シトラスホテルに勤めていました」

彼女はそれだけいうと目を伏せた。社長の神野と特別な関係にでもなって、それを周囲の人たちに知られたくないので、退職したのではないか。

彼女は平日なのに買い物に出掛けていた。仕事を持っていないのだろうか。自宅でやる仕事をしているのか。現在どんな仕事をしているのかを道原は知りたかったが、きかないことにした。特定な職業に就いていなくても、生活には困らないという人はいるものなのだ。

彼女はコーヒーを半分ほど残して、

「わたし、用事がありますので」

といって椅子を立った。

道原も立ち上がった。

「刑事さん、わたしの後を尾けたり、調べたりしないでください」

久保川美鈴と名乗った彼女は、道原に一瞥《いちべつ》をくれると、荷物を抱えて店を出ていった。店に取り残された道原は、交差点を渡っていく彼女をガラス越しに目で追った。彼女のジーパンの足が長く見えた。

2

道原は、桜田竹利が泊まっているグレイスホテルへもどった。吉村は、広島中央署員の二人と、ホテルの出入口をにらんでいた。吉村は、目をこすったり、こめかみを指で押したりしている。正午を知らせる鐘が鳴った。桜田はホテルから出てこない。彼にはさしあたってやることがないので寝ているのだろうか、と思ったが、部屋にいるのを確認することにした。

フロントへいった。なんという名で泊まっているのか不明なので、写真を見せた。フロントに立っていた二人の男は写真をじっと見てから顔を見合わせ、

「中村武男さまのお名前でお泊まりになった方ですが……」

といって、二人はまた顔を見合わせたが、丸顔で眉の濃いほうの男が、

「早朝に、お発ちになりました」

といった。

「早朝とは、何時に」

「四時少し前でした」

中村武男の名で泊まった男は、請求書を持って部屋へきてくれとフロントへ電話をよこした。いわれたとおり部屋へいくと、料金を払い、通用口から出ていったという。

「服装はどんなでしたか」

「たしか紺色のスーツをお召しになっていて、黒い鞄を持っていらっしゃいました」

その客は、なにか事情を抱えていそうだとは思ったが、料金を払ったので希望通り

通用口を利用させたという。

「また逃してしまった」

道原と吉村は舌打ちした。眠気をこらえて正面玄関を見つめていた自分がバカだった、というふうに、吉村は自分の頭に拳をあてた。

逃げまわっている桜田は、刑事の張り込みや尾行を予想して、細心の警戒をおこたらないのだろう。

桜田を逃してしまったことを、道原は三船課長に伝えた。

「やつはもう、広島にはいないと思う」

課長は、道原と吉村に帰ってくるようにといったが、

「桜田は何日間か広島にいた。なにかの目的があったか、それとも神野になにかを頼まれ、それを実行するためだった」

課長はいいながら首をひねっているようだった。

道原と吉村は、首を垂《た》れて松本署へもどった。

「ご苦労だったね」

二人にそういった課長は、桜田を泳がせておいたのがまちがいだったかもしれない

といって、頭に手をのせた。

「桜田竹利はしぶとい男だね。刑務所では模範囚といわれていたらしいが、じつは狡《ずる》賢《がしこ》い人間なんじゃないのか。……私にはやつについて分からないことが山ほどある」

課長は道原の席の前に立った。道原は課長の顔を見上げた。

「やつは、以前、山仲間だった石山清光を京都へ、尾花文一を倉敷へ、そして広島へ神野邦彦を訪ねている。恥ずかしいことをやってきたのだから、知り合いには顔を見せたくないというのが普通だ。やつにはなにか目的があったようにも思える」

課長は顎《あご》を撫《な》でた。

「私は、軍資金を集めるつもりだったんじゃないかとみています」

「軍資金……」

「桜田は、刑務所へはがきを送った『こうたろう』をさがしあてたかったのだと思います。その人をさがしあてるには何日か、あるいは、何十日かを要する。食いつないでいかなくてはならないし、移動するためにも金が必要だったから。山仲間だった三人は、いずれも会社の経営者だったので、落ちぶれた桜田を見れば、ある程度、まとまった金をめぐんでくれると踏んだのだろうと思います」

「そうか。……ところが、石山と尾花は期待はずれで、たいした金額はくれなかった。

やつは広島の神野には期待していったんだろうな」

「神野は、課長の推測どおりになにかを計画していた。それは公にはできないことでしょう」

「ちょうどいいところへ、ひょっこり桜田があらわれた。そこで神野は、桜田を使うことにしたんじゃないか。桜田は利用価値がありそうなので、報酬をはずむことにした。きっとそうだ」

課長は、自分のいったことにうなずいていた。

桜田はホテルを転々としていたが、広島市内にとどまっているらしい。神野はいったいなにを計画し、桜田になにをさせようとしているのか。犯罪者を使おうとしているのなら、それは公にはできないことにちがいない。広島中央署はしばらくのあいだ、神野の行動を観察することにしていて、外出する彼を尾行した。

昨日の神野は、専属の運転手にハンドルを持たせてゴルフ場へいった。ゴルフプレーの同伴者は建設会社の社長と市議会議員。

プレーがすんでからビールでも飲んだらしく、赤い顔をして車に乗り、自宅へ帰った。

きょうの神野は、きのうのゴルフの同伴者だった建設会社の社長と社員とで、白いボートに乗って宮島へ渡った。そのボートは建設会社の所有。午前十一時ごろにボートに乗り、午後四時半にもどってきて帰宅。

両日とも神野と桜田は接触しなかった。桜田が広島市内にとどまっているのかは不明という。

広島中央署は十日間、神野邦彦の行動を監視していたが、彼は桜田とは接触しなかった。

神野は桜田を見はなしたのではないか。神野は桜田を使ってなにかを企てようとしたが、事が計画どおりに運ばないことが分かったか、それとも、桜田が思いどおりに動かないので、使いものにならないとみて、彼との縁を切ったのかもしれなかった。

そうだとすると桜田は広島にはいないだろう。彼は「こうたろう」という幽霊を追いかけていたが、軍資金はつづかず、体力も使い果たし、人の踏み込まない森林のなかで行き倒れになったか、川の土手を歩いているうちに川に落ち、海へ運ばれて、魚の餌《えさ》になってしまったのではないか。

桜田は二度と広島にはあらわれないと判断した広島中央署は、神野監視を打ち切った。

十月一日。松本市では煙るような細い雨が降ったりやんだりしていた。急に冬がやってきたように寒い。

道原は、三船課長と向かい合って、シマコが淹《い》れた熱いコーヒーを飲んでいた。

「山は雪だろうね」

課長がそういったところへ、受付の女性から道原に電話が入った。

「久保川さんという方が、受付へきています。道原さんに会いたいといっています」

「久保川さん……」

道原は受話器を耳にあてて天井へ目を向けた。

「女性です」

受付係は急に声をひそめて、「寒そうに震えています」といった。早く下りてこいといっているようだ。

「思い出した。久保川美鈴さんでは」

「そうです」

広島市に住んでいる女性が、松本署の刑事の道原に会いにきた。冷たい雨の降る午前である。

道原は、広島の久保川美鈴がなぜ訪れたのかを考えながら階段を下りた。受付の前の長椅子に蒼白《あおじろ》い顔の女性が、胸を抱えてすわっていた。ベージュの地にピンクの細かい花を散らしているジャケットにブルーのジーパン。白のスニーカーは濡《ぬ》れているからか汚れているように見えた。茶革の鞄も濡れて変色している。彼女の横にはビニール傘が立てかけてあるが、骨が折れていた。

彼女は立ち上がっておじぎをしたが、唇は紫色だった。長時間、冷たい雨のなかにいたようだ。道原はシマコを呼んだ。温かい部屋で、濡れているものを着替えさせたほうがいいと判断した。

シマコは、そっと久保川美鈴の背中に手の平をあてた。通路を奥へ向かうシマコと美鈴を道原は見ていた。二人の身長は同じぐらいだ。シマコは二十六歳。美鈴も同い歳ぐらいではないか。

刑事課へもどると、課長が、久保川美鈴とはどういう女性なのかと道原にきいた。

「一年ぐらい前まで、神野邦彦が社長のシトラスホテルに勤めていた人です。私たちが広島にいるあいだに、桜田は、神野と久保川美鈴との三人で食事をしています」

「広島の人が、なぜ松本へ。……彼女は伝さんを訪ねてきた。用事はなんだろう」

課長はいったが、道原にも美鈴の用件の見当はつかなかった。

二十分ばかりが経った。シマコが道原の席へきて、久保川美鈴は相談室で道原を待っているといった。

道原と吉村はシマコの背中について相談室へ向かった。課長があとを追ってきた。

美鈴は立ち上がった。四人を見て、

「お邪魔をして、申し訳ありません」

といって頭を下げた。顔は緊張しているが寒さをこらえてはいないようだ。シマコが貸したのだろうが、彼女は紺のジャケットを着ていた。

道原はあらためて彼女を観察するように見てから、

「あなたは、広島から直接私に会いにきたんじゃないですね」

ときいた。

「旅行をしていました」

彼女は、喉《のど》につかえていたものを払うような咳《せき》をしてからいった。旅行とはいうが、なにか深い事情がありそうだ。

「旅行……。どちらへ」

「北海道へいきました」

「どこをまわったのか、詳しく話してください」

彼女はうなずくと、姿勢を正すように背筋を伸ばした。

「まず札幌《さっぽろ》へ着いて、市内を見て歩きました」

「独りではなかったでしょうね」

「案内してくれる連れがいました」

「女性ですか」

「男性です」

「あなたとはどういう間柄の人ですか」

「刑事さんがご存じの人です。わたしには中村武男と名乗っていた人です」

桜田竹利だ。

「なぜ桜田が……」

「わたしが北海道旅行がしたいといったら神野社長が、北海道へいったことのないわたしを、案内する役にといって」

「桜田を案内役に……」

道原は首をかしげたが、どこを見てまわったのかをきいた。

「札幌には二泊してから、小樽《おたる》へいきました。港や、市場や、ガラスの工芸館を見学して、夜はおすしを食べました。次の日は、運河と倉庫が並んだ街と、古い建物を案内してもらいました。それから船に乗って、水族館へ入りました」

「桜田、いや中村は、小樽の街をよく知っていたんですね」

「鰊《にしん》がよく獲れたころのことや、石炭を港へ運んでいた列車のことなどを話してくれました」

夕食のあと、ホテルのロビーで、次はどこへいこうかを話し合った。中村は北海道の地図を広げた。地図は、彼女を案内するために買ってきたのだといった。

釧路《くしろ》湿原と摩周湖《ましゅうこ》を見たいと美鈴はいった。彼女はただ漠然と北海道へいきたいと思っていただけで、観光名所がどの辺にあるのかなどは知らなかったし、調べてみたこともなかった。

中村は、レンタカーを調達することを提案した。しかし、運転免許証を忘れて出てきてしまったといった。

「大丈夫。わたしが持っていますので」

彼女は賛成して、車の運転は好きだといった。

小樽を出て、やがて支笏湖《しこつこ》に着いた。湖の名だけはきいた憶えがあったが、向う岸がかすんでいるのを見て、その広さに驚いた。

夕張《ゆうばり》川沿いでは石勝《せきしょう》線の列車を見送った。右を向いても左を見ても山また山のなかを走って帯広《おびひろ》に着いた。近くをきれいな水が流れている十勝《とかち》川があるのを小さなホテルできいたが、見にはいかなかった。

3

北海道にきて五日目に山を背負った摩周湖に着いた。そこには観光客が大勢いて、緑色の湖面を見下ろしてうっとりとしている人もいた。湖の上を鳥が旋回していた。物音も人声もしない陥没の底に美鈴は吸い込まれそうな気がした。中村は彼女の背後に立っていた。一瞬、彼に背中を押されるか足を抄《すく》われそうな気がして、後ろを振り向いた。

その日は川湯《かわゆ》温泉の旅館に泊まった。中村は酒を飲みながら何度も地図に目を落とした。

美鈴は昼間、車のなかで中村に職業を尋ねた。

「小さな会社をやっていたが、倒産したんだ。それで、次になにをやろうかを考えていた。何年も前からの知り合いだった神野さんを思いついたので、なにをやろうかを相談した。神野さんは考えてくれている」

といった。

中村は美鈴に、歯舞《はぼまい》群島を知っているか、ときいた。かつては日本の領土だった国後《くなしり》島などのことでは、というと、

「その島が見えるところへいこう」

と彼はいった。それはどこなのかときくと、彼は彼女の前へ地図を置いて、根室《ねむろ》半島の先端に指をあてた。納沙布岬《のさっぷみさき》だった。

「そこへいって、海峡を向いて、思いきり大声で、島を返せ、って叫ぼう」

彼は口に手をあてた。

「叫びましょう。何年も大声なんて出していないし」

次の日、山地を縫うようにし、数え切れないほどいくつもの川を渡って、根室に着いた。根室は坂の街だということを知った。坂道は港へ向かっていた。小樽も坂道が海へ下っていたのを思い出した。

二人は納沙布岬に立った。海面を霧が這《は》って、霧笛が泣くように鳴っていた。霧のなかから海鳥の声がきこえた。岬の先端に立つと、かすかな島影を見て、大声を張り上げた。島は手が届きそうなほど近かった。

「声を出すと、お腹がすきますね」

二人は同じことをいって笑い合った。

根室の料理屋ではカニを食べた。

中村は、美鈴の生い立ちや身内をきいた。

彼女の父は、原爆に遭った母親から生まれた人で、二十代のときから入院を必要とする病気をたびたびしていて、四十代で死亡した。母の両親も原爆の犠牲者だった。母は生まれて半年足らずで島根県の山村の親戚《しんせき》に預けられていたので、戦火には遭っていなかった。高校を卒業すると広島にもどり市内の食品販売会社に勤めていたが、三年前に市内で交通事故に遭い、その怪我がもとで死亡した。

「わたしには身内がいません。その気になってさがせば、一人や二人はいるでしょうけど、交流をしたいとは思いませんので」

彼女はそういってから、「中村さんのご家族は」ときき、自宅はどこなのかをきいた。

中村は、静岡市に住んでいると答え、

「あなたと同じで、私にも身内がいないわけではないが、交流はありません。私は、結婚したこともないし」

彼は、カニも酒も旨いといい、こんなにゆったりとした旅行は初めてだといった。

彼女は全国地図を見ているうちに、

「信州の松本へいきたい」

といった。

中村は、固い物で胸を突かれたように胸に手をやった。一瞬だが暗い表情をした。

「松本へ……」

困ったことでもあるように眉を寄せた。

「松本へいったことは」

彼女がきいた。

「一度だけ松本城を見にいったことがあります」

「わたしも一度だけお城を見にいきました。それはお天気のいい日で、お堀に天守が映っていたし、遠くに白い北アルプスが見えたのを憶えています。今度の旅の最後の地は、松本にしましょう」

中村は盃を持ったまま小さくうなずいた。手酌で飲み、低く唸《うな》るような声を出した。日本酒が好きらしく、一杯目を飲むとかならず、「旨いな」といった。

次の日、釧路空港から羽田へ飛んだ。羽田から新宿へいき、特急列車で松本へ着いた。

美鈴は、前にきたときに泊まった旅館へいきたいといった。そこは二階の窓から松本城の一角が見えるのだといった。マツ林の公園の脇の「赤菊《あかぎく》」という古くて重厚そうな旅館だった。マツの枝が池の上に延び、フジの蔓《つる》が水面に垂れていた。

夕食のあと、美鈴は、付近を散歩したいといった。が、中村は、疲れているということか、ふくらはぎを揉《も》んでいた。

その晩も彼は日本酒を飲んだ。肉の薄い徳利を、皿のように平たい盃に自分でかたむけて何本も飲んでいた。

「社長の神野さんは、あんたを旅行に連れていってくれなかったの」

中村が徳利を手にして、美鈴にきいた。

「一度、ハワイへ連れていってくれました」

マウイ島では小型の船に乗って鯨《くじら》を見にいった。初めは数百メートルはなれたところを泳ぐ鯨を眺めていたが、一時間もすると鯨が船の真下を通過するようになり、巨体が船底を突き上げるような泳ぎかたをした。

「邪魔をするな」とか、「出ていってくれ」といわれているようで、恐くなり、悲鳴を上げた、といった。

ハワイではこれといっていい思い出がなかったので、鯨の話をしただけだった。

赤菊で朝食のあと、美鈴は、旅館の箱庭のような庭を見て部屋へもどると、新聞を読んでいた中村に、「塩尻峠へ連れていってください」といった。

「塩尻峠……。なぜ急にそこへ……」

彼は目を光らせて新聞をたたんだ。

「思い出したんです、塩尻峠を」

「思い出した……。いったことがあったのか」

「いいえ。何年か前に、武居《たけい》誠《まこと》という人が書いた『塩尻峠』という小説というか自伝を読んだのを思い出したんです」

「……塩尻峠」

「物語の主人公の大竹《おおたけ》という人は、東京ではじめた商売に失敗したために、病身の妻と五歳と三歳の息子を連れて、岡谷市へ都落ちするんです。友人の世話で小さなアパートへ入ります。アパートの窓からは、塩尻の山と諏訪湖の一角が眺められる。やることがなくなった大竹は、青い湖とその先の山並を眺めている。右手のほうから塩尻峠のトンネルをくぐった列車が出てくる。列車はトンネルを抜け出ると、一声汽笛を鳴らす。それをきくと隣の家の犬が空を向いて一声吠《ほ》えるんです。……ある日、大竹はいつものように窓から外を眺めていた。するとアパートの二階に住んでいる女性が、ビスケットを割って、窓の下にいる犬に投げ与えていた。それを見ていた五歳の息子は、犬がくわえようとしていたビスケットを拾って、食べてしまった。犬は哀しげな声を出した。……大竹は唇を嚙《か》んだ。身支度をすると、職さがしに出ていく、という場面を思い出したんです」

美鈴と中村は、タクシーに乗って塩尻峠に着いた。そこは樹林に囲まれていた。だれもいなかった。展望台へ昇った。雨が降り出した。円い諏訪湖の左半分は靄《もや》に隠れ、湖は灰色をしていた。それでも手前の街並みと対岸の山と家々が薄く小さく見え隠れし、それはまるで墨絵を眺めているように美しかった。

その幻想的な風景に見とれているうちに、中村は展望台の階段を下りていったらしかった。三十分経っても一時間が過ぎても、彼は展望台へもどってこなかった。風が出てきて、彼女の服を濡らすようになった。

階段の下に、彼女のために中村が置いたようなビニール傘が立てかけてあった。骨が一本折れた傘だった。彼女はそれをさすと高台の道を下り、人家のあるほうを向いて歩いた。もう中村は彼女の横に立たないだろうと思った。美鈴は、中村に捨てられたのを悟った――

「わたしは、中村さんに、いつかは毒を飲まされるか、高いところから突き落とされるんじゃないかという気がしていました」

「えっ、殺害されるのを……」

吉村が口走った。

「なぜ……」

「わたしには分かっていました。支笏湖でも摩周湖でも、彼はわたしの背中を押すチャンスを狙《ねら》っているのではないかと思い、彼が近付いてくると、何度も後ろを向きました」

胸の前で手を組み合わせた彼女を、課長と道原は凝視してから顔を見合わせた。彼女は、半ば怯《おび》え、半ば覚悟を決めていたようだ。

「なにか深い理由《わけ》がありそうだ。詳しく話してくれませんか」

道原が、美鈴のほうへ首を伸ばすようにしていった。

美鈴は一瞬、めまいを覚えたように目を瞑《つむ》ってからだを揺らすと、首を立てた。

「わたしは、神野社長から温かくしていただいていましたけれど、社長のやっていることに近づきすぎたのです」

「近づきすぎた……。社長の秘密でも知ったということ……」

「社長はホテルのある部屋で、親しい人たちを集めて、賭博《とばく》をやっていましたし、違法な薬物を輸入して、それを売っていました。なんという名の薬物なのかは知りませんが、それを服《の》んだ女性が痙攣《けいれん》を起こして、病院へ運ばれましたけど、三、四日後に亡くなりました。その女性は、県議会議員の奥さんで五十代でした。公には、自宅で心臓発作を起こしたということになっています。……それから広島出身の歌手の玉井《たまい》綾乃《あやの》さんをご存じでしょうか」

美鈴は、課長と道原の顔を見てから目を醒《さ》ますようなまばたきをした。

「たしか浪曲師から演歌歌手になった人だ。が、このごろはテレビで見かけないね」

課長がいった。道原も名前だけでなく歌を何度もきいている。

「玉井綾乃さんも、神野社長から買ったクスリを服んでいるうちに、声が出なくなったり、うたっているうちに息苦しくなるといって、二年あまり前から歌手活動を休んでいます」

その歌手も五十代だ。美鈴は二か月ほど前にシトラスホテルのレストランで見かけたが、見ちがえるほど太っていたという。

「なぜ、劇薬のようなクスリを服用していたのか」

道原がきいた。

「四十代半ばのころ、仕事に追われて、倒れそうなほど疲れていたのです。それを知った神野社長が、輸入したクスリをすすめたのです。それを服みはじめてからは元気になって、盛んに活動していましたけど、半年ぐらい経つと声を出しにくくなったといって、そのクスリをやめたようでした。ところが太りはじめ、それまでの衣裳がからだに合わなくなったんです。クスリをやめても体重は増すばかり。それで病院通いをはじめたのですが、少しも痩せないし、声は出ないしで、歌をうたうことができなくなったんです。歌手や歌手になりたい人はごまんといるので、五十代になって、歌をうたえなくなった歌手を、招んでくれるところはなくなりました。……彼女をよく知るある人は、何度も自殺を考えたことがあるらしいといっていました」

「神野さんの側近で、彼がやっていることを知っている人は何人もいますか」

「社長秘書をしていた野中蝶子《のなかちょうこ》さんは、知っていたと思います」

「その人はいまは……」

「昨年、シトラスホテルを辞めました」

「何歳の方ですか」

「三十代後半、もう少し上だったかもしれません」

「あなたは、その野中さんと話したことがありますか」

道原は、ノートに野中蝶子と書いてから、美鈴の顔を見直した。

「何度もあります」

「なぜ退職したのですか」

「わたしの想像では、社長のやっていることが恐くなったのだと思います。……野中さんにききたいことがあったので、わたしは電話しましたけど、それは使われていない番号というコールが流れました。ケータイの番号にも掛けましたけど、通じませんでした。それで西十《にしとう》日《か》市町《いちまち》の住所へいってみましたら、ずっと前に引っ越したことが分かりました。どこへ引っ越したのか分かりません」

道原は、野中蝶子の家族をきいた。

「野中さんは独身で、お母さんと二人暮らしだったそうです」

野中蝶子は、シトラスホテルを辞めるとすぐに転居したのだということを知ったという。

蝶子は、口数は少ないが仕事をてきぱきとこなす秘書には打ってつけの人だった、と美鈴はいった。美鈴は、蝶子がホテルを辞めるとすぐに転居した理由を考えたようだ。

道原は腕組みして、しばらく黙っていたが、

「中村武男と名乗って、あなたを案内していた男の正体を知らないでしょうね」

といった。

「知りません。わたしには、何年か前、神野社長と一緒に山登りをしていた仲といっただけでした」

「たしかに、神野さんとは登山仲間の一人でした。本名は桜田竹利で長野県出身。詐欺をやって捕まって、富山の刑務所に入れられていた。あと三か月もすれば刑務所を出られることになっていて、社会見学の目的で、富山市内を刑務官と一緒に歩いていた。だが、刑務官のスキを衝いて脱走したんです」

「脱走……」

「十日ばかりかけ、歩いて、この松本の一角に着いた。なぜ脱走したのかというと、捕まる前に付合っていた女性が、べつの男といい仲になっているのを知ったからです。彼はその女性のことを思いつづけ、出所したらすぐに会うつもりでいたようです。……彼は、べつの男と親しくしている女性をどうしても許すことができず、その女性と、それから女性が親しくしている男を殺害することにして、かつての知り合いを呼び寄せて、殺害計画を実行させせた。……桜田にはもうひとつ実行したいことがあった。

それは、服役中の彼に、かつて付合っていた女性はある男と親しくしていることを、匿名で知らせた者がいたんです。知らせた人は桜田に悪意を抱いていたにちがいない。桜田には匿名者がだれなのか分からないらしい。……彼はその人物をさがしていたんです」

道原が話すと、美鈴は息を強く吸い込むような音をさせて胸を押さえ、

「わたしは、脱走してきた人と、幾日も一緒に……」

とつぶやいて唇を紫色にし、胴震いした。

「神野社長は桜田に、北海道であなたを始末するようにと、指示したような気がします」

道原がいった。

「そうだと思います。わたしは、社長のやっていたことを知ってしまったので、いつかは背中に手が伸びてくるのではないかと警戒していました。どこへ逃げようかを考えてもいました」

「どうして、遠方にでも逃げなかったんですか」

「社長のことですから、八方へ手をつくして、さがしあてるだろうと思っていましたので。……それと」

と彼女はいって目を伏せた。

彼女は金銭のことを指しているのだろうと道原は想像して、白い手の細くて長い指に視線を投げた。

桜田は神野から、北海道のどこかで美鈴を始末するようにといわれ、それをのんだのだが、彼女の背中に手を伸ばすことができなかった。それで、塩尻峠の展望台へ彼女を置いて、逃げたにちがいない。

塩尻峠は、西池那津美が殺されたところだった。桜田は、展望台から湖を眺めている美鈴の首に腕をまわすか、紐《ひも》を掛けようとしたが、彼の瞳には那津美が映ったのではないか。那津美は、見知らぬ男に首を絞められた。そのとき、桜田竹利の顔がちらりとでも浮かんだだろうかを考えた。

桜田は、美鈴の背中に一歩近づいたが、良心の呵責《かしゃく》に震えたのではなく、那津美の亡霊が背中に迫ってきたのを感じて、そこに立っていられなくなったのではないか。

神野の指示に背いた桜田は、警察からだけでなく神野からも追われる男になった。

彼はいったいどこへいったのか。これからも「こうたろう」をさがし歩くつもりなのか。

4

久保川美鈴は、三船課長、道原、吉村、シマコの顔をひとわたり見てから、広島へは帰りたくない、といった。彼女は独り暮らしだし、どこで暮らそうと、その行方に気を揉む身内もいないようだ。

シトラスホテル社長の神野邦彦は桜田竹利に、北海道のどこかで、美鈴を始末するようにと指示したことが考えられる。桜田はそれを承知した。そこで神野は、ある程度まとまった現金を彼に渡したにちがいない。だが桜田は美鈴を、天国へ送ることができなかった。

美鈴が北海道旅行を無事終えて帰ってきたことを知ったら、神野は、頭に火がついたような顔をするだろう。桜田は神野の殺人教唆を背負っている人間だ。神野も桜田も世間に対する弱味を抱きかかえている人間だ。

神野は、こんなことを想像していないか。

――中村武男と名乗っていた桜田は、何日間か一緒に行動しているうちに美鈴を好きになった。彼女も彼の意思を受け容れた。広島へ帰ることができなくなった二人は、抱き合うようにして、どこかに身を隠すことにしているのだと。

「神野さんは、あなたをこの世から消そうなんて考えていないかもしれない」

課長が美鈴の顔を見すえていった。

「いいえ、なんらかの方法でわたしを消そうとしています。わたしは最近二回、危ない目に遭っているんです」

「危ない目とは……」

「交通事故一歩手前でした。最初は、広島駅前通りを渡ろうとしたときです。青信号なのに小型トラックがわたしに向かってきました。二回目は紙屋町《かみやちょう》で、わたしがとまっている車の前を横切ろうとしたら、その車が走り出したんです。わたしは転んで膝に怪我をしました」

「それは、最近ですか」

道原がきいた。

「九月八日と九月十九日です」

「そのことを、神野さんに話しましたか」

「話しました。二回とも車に轢《ひ》かれそうになったと。社長はわたしの顔を見て、ふうんといっただけでした。その表情で、わたしは近いうちに事故に遭いそうだと思っていました」

「社長とは、食事をしているではありませんか」

「社長に招ばれたからです。なにがあっても、招ばれたら駆けつけることにしていたんです」

現在の彼女は職業に就いていない。神野邦彦の愛人をつとめているだけなのだろう。

「広島へは帰りたくないっていいましたけど、本気ですか」

シマコがきいた。

「本気です。帰りません」

美鈴は四人に向かっていった。

神野がほんとうに美鈴をこの世から消すことを計画しているのだとしたら、彼女を広島に帰すわけにはいかなかった。

課長は、あらためて道原たち三人の顔を見ると、別室に移るという合図をした。

別室に移った四人は、額を突き合わせた。

美鈴が広島へ帰った場合、広島の警察に理由を話して保護を要請する。つまり彼女の行動を監視するのだが、屋内に入ったりした場合、監視の目は届きにくい。また、いつまで監視するかについても、その期限を定めにくい。

これらのことから、当分のあいだ彼女を松本市内に住まわせておいてはどうか、と課長は眉間を寄せていった。

広島の住所には、大切な物や必要な物が置かれているはずだが、彼女がそれを取りにいくのは危険だ。

彼女を松本市内かその周辺に住まわせている間に、広島の警察に連絡して、神野が秘密にしている行為をさぐる。禁じられていることを実行している証拠をつかんだら検挙する。彼女に対する安全が確保されたら広島に帰す。

これを美鈴に告げることにして、四人は相談室へもどった。

美鈴は首を垂れて目を瞑っていた。シマコが熱いお茶を運んできた。美鈴はハンカチを鼻にあてた。そのハンカチは少し汚れていた。

「松本市内か、この近くに知り合いがいますか」

道原がきいた。

「いません」

彼女は首を振りながら答えた。

「あなたは、中村武男と名乗っていた男と北海道旅行をして、松本に着いた。松本にいることを神野さんに知らせましたか」

「いいえ。旅行に出てから一度も電話をしていませんし、社長からもかかってきません」

「何日経っても、帰ってきたという連絡がない。神野さんはあなたがどうなったかを確かめるために、電話をするでしょうね」

「きょうあたり、電話があるのではないかと思っています」

「神野さんから電話が入ったら、応答しない。何度かかってきても出ないことにしなさい」

彼女は、ポケットからクリーム色のスマホを取り出して、テーブルへ置いた。いまにもチリ、チリと鳴り出しそうだった。

「中村と名乗っていた男は、ケータイを持っていましたか」

「分かりません。かかってきたところも、かけていたところも、見ていませんので」

シマコが椅子を立った。

「これから、あなたが住むところをさがします」

といってから、広島ではどんなところに住んでいたのかをきいた。

「京橋川に近い上幟町というところの、マンションの五階です」

そこは広島中央署の管内だと分かった。

シマコはなにかを思い付いたらしく、走るように相談室を出ていったが、ノートをつかんでもどってきた。

彼女は黒のスマホをにぎって電話をかけた。母親と会話していることが分かった。彼女の住所は松本市里山辺《さとやまべ》だ。六代つづいている家だときいたことがある。彼女は母親と話して、きいた番号をメモした。

彼女はメモを見直すと、電話をかけた。

「今日は、河原崎志摩子でございます。ただいま母から、お宅の番号をききましたの」

相手はシマコの母親とは親しい人のようだ。

「お宅はアパートをお持ちですが、現在空いている部屋がありますか」

相手は、あるといったらしい。

「知り合いの人が松本に住むことになりまして、どこかいいところはないかときかれました。それでお宅を思いついて……」

相手はシマコに礼をいい、アパートの空室を見にきて欲しい、といったらしい。シマコはそうすると丁寧にいって電話を切った。

「それは、どこなんだ」

課長がきいた。

「里山辺公民館のすぐ近く。松本市役所から約三キロです。わりに新しい二階建てです」

シマコは答えると、美鈴の横の椅子に腰掛けた。

「しばらく松本に住むことにしたらどうですか。炊事用具なんかはわたしの家にあります。普段の着る物は、嫌でなかったらわたしのお古を使ってくださっても」

シマコと美鈴は、以前からの知り合いだったように会話をはじめた。課長と道原と吉村は、あとはシマコに任せた、というふうに相談室をあとにした。

シマコは美鈴を、署の車の助手席に乗せて出ていった。道原は窓から、二人が乗った車を見ていた。旅行中か旅行を終えて帰宅したら、殺されるかもしれない人を見たのは初めてだった。

道原は課長と話し合ったうえ、広島中央署へ連絡した。シトラスホテル社長の神野邦彦が陰でやっていることがあるらしい。それはホテル内でやっている賭博行為であり、違法薬物の輸入らしいといった。

広島中央署は、違法行為があるらしいという情報を入手したさい、神野を署に招んで事情をきいたことがあった。そのさい神野は、『そういうことは一切していない』と否定したし、事を巧妙にやっているからか、証拠をつかむことができなかったという。

　三船課長が電話をかわり、重要な連絡があるというと、先方も刑事課長が応答した。

「神野邦彦の愛人が、北海道旅行をしました。彼女は北海道へはいったことがなかったので、神野は案内役をつけました。その案内役は桜田竹利といって、服役中の男。八月十三日に富山刑務所の刑務官の付添いで社会見学中、脱走した犯人です。……桜田は何日間かを歩いて松本市に着きました。彼は、恋人だった女と、その女が現在付合っている男が憎くて、二人を殺害する目的で脱走したんです。……松本に着くと、友人だった男を呼び寄せて、恋人だった女と、その女が付合っていた男を殺させた。彼にはもう一人、殺したい人間がいた。その人間をさがしあてるために、かつての登山仲間を訪ね歩いていた。殺したい人物をさがしあてるための軍資金が必要でもあったからのようです。……桜田は登山仲間の一人だった神野氏を訪ねました。桜田はどうしようもない男だったが、ひとつ使いみちがあることに神野は気が付いた。違法なことをやっているのを知っている愛人を、いつかは始末するつもりだった。愛人は北海道旅行をしたいといっていた。神野氏は愛人の旅行の案内役に桜田を推した。愛人は、桜田がどういう人であるかを知らなかった。神野氏は桜田に、北海道のどこかで、愛人を始末しろといったにちがいない。が二人は、北海道旅行を無事終えた。……愛人は、旅の終りに松本城を見たいといったので、二人は松本へ移動した。松本の老舗旅館で一夜をすごすと愛人は、以前、読んだことのある小説の一場面を思い出して、塩尻峠へいきたくなった。……塩尻峠の展望台へ上がって、諏訪湖を眺めた。そこは、桜田が人を使って、かつての恋人を殺させたところでもあった。……円《まる》い湖に見とれている社長の愛人の首へ腕を延ばそうとしたが、腕が動かなくなったし、彼はその場に立っていられなくなり、そっと展望台を下りて、姿を消したんです。……彼女は雨が降りはじめた展望台に取り残された。桜田の正体を知らない彼女は、桜田に捨てられたような気がした。……展望台を下りると彼女は、広島で会ったことのある松本署の道原伝吉刑事を思い出して、松本署を訪ねてきたのです」

三船課長がいうと、先方の刑事課長は、

「神野氏の愛人は、広島へもどったのですか」

ときいた。

「そちらへもどすわけにはいかないので、しばらくこちらで……」

「神野氏は、計画どおり桜田が、愛人を始末したものと思っているでしょうね」

「たぶん」

「桜田は、神野氏に会いにいったでしょうか」

「いや、彼は神野氏の前へは出られないでしょう。愛人がいつ神野氏を訪ねるか分からないので」

「桜田は、どこでどうしているのでしょうね」

「のたれ死にしないかぎり、ある人物をさがしあてる旅をつづけていると思います」

広島中央署の刑事課長は、

「恨みのある男と女を殺させた脱走犯なのに」

と、つぶやいた。

第六章　もう帰らない

1

　シマコは久保川美鈴を連れて、里山辺のアパートの空室を見にいったが、二時間ほどして二人は署にもどってきた。アパートの環境か部屋が気に入らなかったのではないか、と道原は美鈴にきいた。

「いいえ。貸していただくことにしました。少し高台にあって、アパートの前に障害物がないので、西側の窓からは山脈が見えるんです」

　美鈴は、生き生きとした目をして答えた。

「山脈は北アルプスです」

「河原崎さんにききました。河原崎さんは、あのいくつかの峰を縦走したことがあるそうです。わたしは、高い山を近くで眺めただけで、身震いします」

「摩周湖ではカムイヌプリという山を眺めたでしょ」

「はい。かたちのいい山でしたけど、すこし寂しげでした」

美鈴は、今夜はホテルに泊まって、あした寝具を買って、アパートへ入るといった。

「広島に未練があるでしょうが、近づかないことです」

道原がいうと、彼女は、分かっているというように首を動かした。

「どうしても、手許に置かなくてはならない物がありますか」

道原がきくと、彼女は手を合わせて目を瞑《つむ》った。一分ばかり瞑目《めいもく》していたが、開いた目を光らせると、

「母の位牌だけは……」

といった。

「広島の警察の人に頼んで、お母さんのお位牌を持ち出してもらいましょうか。……それから、マンションの部屋を解約する手続きもしてもらったほうが」

彼女は窓を向いてから、小さくうなずいた。

広島市内かその近くに、彼女の部屋の整理を頼める人はいないかと道原がきくと、高校の同級生だった人がいるといった。

「信頼できる人ですか」

「古い酒店の娘です。川口波絵《かわぐちなみえ》といって一人娘なのです。二年くらい前にお婿さんをもらいました。わたしとはずっと仲よしです。彼女はわたしと会うと、いつも、『大丈夫』ってききます」

道原は、その人に頼んでみたらどうだというふうに、うなずいて見せた。

美鈴は、スマホを取り出すと細い指で画面を突いた。すぐに相手が応じたらしい。

美鈴は道原に背を向けると、広島に帰ることができない事情が生じたと話した。

「詳しいことは、あとで話すけど、わたしが住んでいた部屋を解約して、荷物を整理して欲しいんだけど、やってもらえるかしら」

美鈴は小さい声で話していたが、河口波絵という人は、美鈴の依頼を引き受けたらしい。美鈴は波絵に対して、「ごめんね」を繰り返していた。

電話を終えると、美鈴はハンカチを目にあてた。住んでいた部屋のもようでも思い出したのではないか。

シマコが美鈴の横へきて、背中を二つ三つ軽く叩いた。

「広島には、知り合いが何人もいるでしょうが、ほかの人には、松本に住むことを話さないように」

道原が美鈴に念を押した。

桜田を案内役にして北海道へ旅行に発った美鈴が、帰ってこないことを神野は知る。桜田が北海道の山地か湖で、美鈴を始末したにちがいないと思うだろう。だが気が気でなくて、そっと、彼女が暮らしていたマンションの部屋をのぞきにいくような気がする。彼女が帰ってきていないのをたしかめ、ほっと胸を撫《な》で下ろすが、部屋を整理している人がいたら、その人に、『この部屋に住んでいた人は、どうしたのか』などときそうな気がする。それを道原は吉村に話した。

「久保川美鈴は、亡くなったことにしないと、神野は金を遣って、彼女の行方をさがすにちがいありません」

「そうだな。桜田は神野の指示に背いたわけだから、彼の行方についても、手をつくしてさがすだろう」

「久保川美鈴と桜田竹利は、神野にとっては生きていられては困る存在。八方手をつくしてさがすんじゃないでしょうか」

桜田は、脱走犯というだけではない。人を遣って麻倉光信と西池那津美をあの世へと送っている。桜田は「あした」のない男だ。

神野は、そういう桜田を見込んで、少しばかり金を握らせて、久保川美鈴を葬ることにしたのだろう。

北海道旅行を終えれば、桜田は、『ただいま』というか、『いってきました』といって、あらわれそうだと神野は予想していたような気がする。

桜田は、広島へもどって、神野を訪ねてはいないと思う。仏ごころが起こってか、恐れに身震いしてか、彼は塩尻峠の展望台へ美鈴を置いてきぼりにして、どこかへ隠れてしまった。神野の指示にしたがわなかった彼は、二度と広島へはもどれないだろうと思われる。彼はきょうも、「こうたろう」という幽霊をさがして、歩きまわっているのだろうか。


次の日の朝、道原が出勤すると受付から来客だといわれた。美鈴が、川口波絵という女性を連れて来署したのだった。

波絵は、美鈴より少し背が高く、目鼻立ちがくっきりしていた。薄く染めた髪は短めだ。彼女は昨夜のうちに松本へ着き、美鈴と一緒に市内のホテルに泊まったという。

道原は二人を相談室へ案内した。

「美鈴は、シトラスホテルに勤めて、五年ぐらい経ったころ、急に服装が変わったんです。その彼女をわたしは観察していました。嫌われてもかまわないと思って、私生活をきいたのです。……彼女は、社長と特別な間柄になっていることを白状しました。……それからわたしは美鈴を、はらはらしながら見ていました」

波絵は、道原を真っ直ぐに見ていった。美鈴は彼女の横で肩を縮めていた。

「久保川さんには、いい友だちがいたんだね」

道原がいった。

美鈴はきょう、里山辺のアパートの部屋を借りる契約にいく。その彼女に、川口波絵とシマコが付いていくことになった。

「家主から、保証人をっていわれると思う」

吉村がいった。

「大家さんにはわたしが、急に松本に住むことになったのでって、事情を説明します」

シマコがいった。彼女は、歳上のようないいかたをした。

道原は、以前、桜田とは登山仲間だった京都の石山清光に、その後、桜田は立ち寄っていないかを電話で尋ねた。

「あれ以来きていません。桜田さんは、どこでなにをしているんでしょうか」

と石山はいった。

「桜田は、倉敷の尾花文一さんを訪ねました。そのあと、広島へいって、神野邦彦さんに会っています。神野さんはホテルの社長で、毎日、忙しそうです。……桜田さんは神野さんに頼まれて、ホテルの従業員だった女性を北海道旅行へ案内しました。ですが、彼は広島へはもどっていないと思います」

「神野さんに頼まれて、女性を北海道旅行へ……」

石山はなにを想像したのか、言葉を途切らせた。薄汚れた格好で、突然訪れた日の桜田を思い出しているようだった。

「この前、桜田さんが突然訪ねてきたときから、私は毎日、彼のことを考えていました。二、三日前ですが、四、五年前に涸沢の山小屋で偶然彼に会ったときのことを思い出しました。彼は二人の男と、まだ明るいうちに酒を飲んでいました。二人とは山仲間でなくて、涸沢の山小屋で初めて出会った人だったようです。……桜田さんはすでに酔っていました。二人とは意気投合したというのか、二人に向かってさかんに自慢話をしていました」

「自慢話というと……」

道原がきいた。

「九月下旬にどこその山へ登り着いたところで初雪に遭ったとか、どこの峰ならどこまで、何時間で縦走したことがあるといった自慢です」

「桜田と一緒に飲んでいた二人は、どこの人だったか憶えていますか」

「たしか東京の人でした。二人とも登山経験は浅いようで、桜田さんの自慢話を信じたらしく、熱心にきいていました」

「そのときの石山さんは、単独だったんですか」

「そうです。仲間を誘ったんですが、都合がつかないようでしたので、私は独りで登りました」

次の日は、桜田と、東京からの二人と俄《にわ》かパーティーになって、北穂高岳へ登った。前の日は酒に酔っていた桜田だったが、次の朝はそれを忘れたように、彼は四人の先頭に立って登った。北穂高の小屋でも四人は酒を飲んで、それまでの山行を振り返る話をし合った。

その後桜田は、東京の二人と連絡を取り合って、山行をともにしていたようだったという。

石山の思い出話をきいた道原は、東京の二人の氏名を憶えているかときいた。

石山は、「うーん」といって考えていたが、

「一人は荒垣《あらがき》という姓でしたが、もう一人の名は思い出せません。二人はたしか大学の同級生で、二人とも柔道をやっていたといっていたのを憶えています。……荒垣という人はラグビーの選手のようながっしりとした体格でした。もう一人は、私と同じぐらいの体格で、酒好きのようでした」

二人とも三十代後半だったという。

道原は、忙しいところを悪かったといって電話を切ったが、思い付いたことがあって、再度、石山に電話した。

涸沢の山小屋で偶然、桜田竹利に会った年月日を記憶しているかと尋ねた。

「私は日記をつけていますし、古い日記帳を残していますので、それを見れば、何年何月の何日だったかが分かります」

道原は、古い日記帳を見てもらうことにした。

2

きょうの道原の昼食は、妻の康代《やすよ》のつくったにぎり飯だ。和歌山へ旅行した人にみやげにもらった赤い梅干しを、微塵《みじん》切りにしてにぎったものだ。それが竹の皮に包んで二つ。それに牛蒡《ごぼう》の味噌漬けが添えてある。

「あら、珍しい」

パンを食べていたシマコが、道原のほうへ首を伸ばした。

外で昼食をすませてきた三船課長が、道原の昼食をのぞいた。が、なにもいわず、
炊事場でお茶を注いでいた。

電話が鳴り、応答したシマコが、

「石山さんという方から、道原さんに」

といった。石山は京都市東山区の人だ。

道原が電話に出ると、石山は、

「六年前の日記帳に、桜田さんと涸沢の山小屋で会って、次の日は北穂高へ登ったくだりが書いてありました」

といった。

「東京からきていた二人のことは……」

道原がきいた。

「書いてありました。荒垣《あらがき》さんと坂井《さかい》さんという方です。桜田さんと私は、北穂高の小屋に泊まったあと、奥穂高へ縦走しましたけど、東京の二人は、北穂高から下山し

たと書いています。それを読んで思い出しましたけど、桜田さんは東京へいったさい、荒垣さんと坂井さんに会ったそうです」

日記帳に荒垣と坂井の住所か勤務先は書いていないかときいたが、それは無駄だった。

道原は二人の住所を知る方法を思いついた。二人は涸沢と北穂高の山小屋に泊まってる。そのさい山小屋で住所と緊急連絡先を宿帳に書いているはずだ。

道原は、涸沢の山小屋へ電話して、六年前の七月の宿帳を保存しているかを主人にきいた。

「安曇野市の自宅に置いてあります」

それを見せてもらいたいというと、

「自宅には家内と娘がいますので、どうぞご覧ください」

といわれた。

道原はお茶を一口飲むと、スーパーで買った弁当を食べ終えた吉村を促した。

涸沢の山小屋の主人は近松《ちかまつ》という姓で、自宅は安曇野市豊科《とよしな》だ。その家は木造二階建ての古い家を、最近改築したらしい木造の塀が囲んでいて、門の柱には太字の表札が出ていた。

四十代半ばの主人の妻は、道原の名刺を受け取ると、

「道原さんは、比呂子《ひろこ》さんのお父さんでは」

ときいた。

「娘の比呂子をご存じでしたか」

「わたしの娘は菊子《きくこ》という名ですが、比呂子さんとは同級生で、クラスも同じです。ここへ一度おいでになったことがあります。比呂子さんは、成績がよくて、大学の試験を受けるそうですね」

「そうでしたか。それはどうも」

道原はあらためて頭を下げた。道原の妻の康代は近松菊子を知っているだろう。

妻は、二人の刑事を座敷に通すと、山小屋にいる主人から電話があったのでといって、六年前の七月の宿帳をテーブルに置いた。キャンパスノート二冊を黒い紐《ひも》で綴《と》じたものだったが、大勢の人の手に触れているからか、表紙は変色していた。

六年前の七月十日のページを開いた。その日の宿泊者は百十一人。二百人を収容可能な山小屋だが、百人を越えると、寝室は隙間《すきま》がなくなるくらい布団が敷かれるだろう。

二人の名を見つけた。［荒垣照正《てるまさ》（三十六歳）・東京都北区桐《きり》ケ《が》丘《おか》］［坂井伸也《しんや》（三

十七歳）・東京都世田谷区野沢《せたがやくのざわ》」となっていた。二人とも会社員で、住所の下に電話番号を記入している。

　吉村が、二人の氏名と住所をカメラに収めたし、ノートにメモした。

　署にもどるとすぐに荒垣照正の自宅に電話した。だが、応答する人はいなかった。家人は勤めにでも出ているのだろう。

　坂井伸也宅へも掛けた。女性が応じた。母親なのか、声は嗄《しゃが》れている。

「伸也は、会社です」

　といわれたので、会社の電話番号を尋ねた。

　女性は、「会社の番号」とつぶやいた。会社の電話番号を書いたものをさがしているようだったが、

「わたしは、目が悪いし、耳も遠いので」

　といって、小さな物音をさせていた。伸也の母親なら七十歳ぐらいではないか。

「ありました。会社の電話が分かりました」

　彼女は、伸也の勤務先の番号を読んだ。

　すぐにその番号へ掛けた。十全《じゅうぜん》計器という会社だと分かった。

澄んだ声の女性が応じて、

「坂井は外出しておりますが、午後五時にはもどることになっております」

女性は、「どちらさまでしょうか」ときいたが、道原は名前だけいって、警察官だとはいわなかった。

午後五時を五、六分すぎたところで、坂井の勤務先へ電話した。

坂井はすぐに応答した。道原が松本署の者だと告げると、

「警察」

と、小さな声でつぶやいた。警察官が電話をすると、たいていの人は不吉なことを予感するらしい。つい先日のことだが、東京のある人に「警察の者だが」と電話したところ、「振り込め詐欺か」といわれた。電話で振り込め詐欺の被害に遭うのを警戒しているのだろう。

「坂井さんは、桜田竹利を憶えていますか」

道原がきいた。

「憶えています。何度も会ったことがありますけど、事件を起こしていますね。八月の中旬だったと思いますが、刑務所に入っていたが、脱走したことが新聞に載っていたので、びっくりしました」

正確には、近く刑期を終えることになっていたので、刑務官に付添われて富山市内で社会見学中だったが、刑務官のスキを衝いて脱走したのだと、道原は説明した。

「頭のよさそうな人でしたけど、脱走したとは、いったいどんな事情があったのでしょうね」

坂井は穏やかな話し方をした。

脱走犯の桜田の行方をさがしているが、目下行方不明。桜田から連絡はなかったかときいた。

「ありません」

坂井はそういってから、桜田とは付合いがあったことを警察がどうして知っているのかときいた。もっともな疑問だった。

道原は、あるところから情報を手繰り寄せたのだといった。坂井は、警察官のいったあるところを考えているらしかった。

「あなたは、桜田とは何度も会っているそうですが、『こうたろう』という名前に記憶がありますか」

「『こうたろう』……。思いあたる人はいません。『こうたろう』という人がどうかしたのですか」

「富山刑務所に服役中の桜田竹利に、『こうたろう』の名ではがきを出した人がいるんです。……その人をさがし出したいので」

道原は、思い付いたことがあったら電話をしてもらいたいといってから、荒垣照正の勤務先の電話番号をきいた。

「荒垣さんの勤め先は川口市の大研《だいけん》精密です」

といって、電話番号を教えた。その会社は、半導体電子ビーム測定装置のメーカーで、坂井の十全計器とは取引先だといわれたが、どんな製品のメーカーなのか、道原には分からなかった。

荒垣とは会っているかときくと、八月に二人で軽登山をしたといった。どこへ登ったのかをきくと、茨城県の筑波山《つくばさん》だといった。ロープウェイが敷設されている山だ。

荒垣に電話した。若い女性の声が応えて、営業部へまわされた。

荒垣は、女性のような高い声の男だった。

道原は、桜田竹利を憶えているかときいた。

荒垣は坂井と同じで、何度も会っているのでよく憶えていると答えた。道原は坂井にきいたのと同じことを尋ねた。

「桜田さんは、大変なことというか、恐ろしいことをしたんですね」

荒垣も、桜田の脱走のことを口にし、そんなことをする人には見えなかったといった。脱走や殺人事件を犯すような人だと分かっていたら、近づかなかったはずである。

「桜田は逃げまわっているようですが、ある人物をさがしあてようとしているふうにもみえます。私たちもその人物をさがしています」

「富山市で脱走したのに、松本の警察が……」

「桜田は全国手配です。彼は富山市で脱走すると、松本へきて、男女の殺害に関与しました。そのあと、京都、倉敷、広島へ知人を訪ねているんです。……荒垣さんは、『こうたろう』という名の人をご存じでしょうか」

荒垣は首をひねっていたようだが、

「さあ、心あたりはないし、思い付きません」

高い声で話していた荒垣の声がしぼむように小さくなったが、彼は、『こうたろう』は、人名とはかぎらないのではないか、といった。それは道原も想像していることだった。

3

　桜田竹利は、スーパーマーケットの警備員をしながら詐欺をはたらいたために逮捕され、有罪になって、服役していたのだった。彼がやった詐欺とはどんなことだったのかを調べた。

　東京からやってきた四、五人の詐欺グループが、金色の仏像を売るための販売員を、松本、岡谷、塩尻地方で集めた。

　金色に輝く仏像は高さが約十五センチ。金無垢《むく》に近い色をしているが、メッキである。これを素朴で小金を持っている老人に十万円で売る。「金が入るが出ていかない」が、うたい文句。

　仏像を買った人はそれを二十万円で売るとよい、と教え、二年間持っていて売れなかった場合は、買い値の十万円で引き取る、という契約だった。が、それを守らなかったことから訴えられ、その販売にかかわった者が逮捕された。

　桜田は、腕がいいのか、口がうまかったのか、岡谷や塩尻の人にだけでなく、諏訪市や茅野《ちの》市の人に何体も売っていた――

「塩尻峠から姿を消した桜田は、どこへ逃げたんだろうな」

三船課長は、自分で淹《い》れたお茶の湯呑みを持って、窓を向きながらつぶやいた。

「広島へもどるわけにはいかないが、都会にいれば、なにをやっていても発見されにくいことを憶えたので、東京へでもいったんじゃないかと思います」

道原がいった。

「北海道旅行にいった久保川美鈴は、広島へもどらない。それをそっと確認した神野は、北海道のどこかで、桜田が彼女を始末したものと信じているでしょうか」

吉村が、課長の背中を見ながらいった。

「彼女を始末したのなら、桜田から連絡がありそうなものと、神野は思っているんじゃないかな。……神野は旅行費用だけでなく、彼女を始末する謝礼というか、手数料というかを、桜田に渡しただろうな。人を一人殺す。いくらぐらい渡したと思う」

課長は窓ぎわから吉村を振り向いた。

「五百万円ぐらい」

吉村だ。

「一千万円ぐらいじゃないか？　一千万円もらったとしたら、当分のあいだ働かなくても暮らしていけますね」

道原は課長の顔にいった。

「わたし、六十五歳まで勤められたとしたら、一千万円貯金ができるかしら」

シマコだ。

「結婚しないのか」

課長は、立ったまま一口お茶を飲んだ。

結婚を考えている相手がいるのかいないのか、シマコは答えなかった。

「神野は、久保川美鈴が死亡したかどうかを、確かめるでしょうか」

吉村は首をかしげた。

「確かめると思う。……美鈴には親も兄弟もいなかったし、身内の人との交流がなかった。彼女はシトラスホテルの従業員ということになっているらしい。そうだとすると、神野邦彦は彼女の身元引受人だ。……北海道旅行にいった彼女がいつまで経ってももどってこない。彼女は行方不明者だ。捜索願いを出さなかったら、神野は疑われる」

道原はペンを振りながらいった。

「美鈴が北海道旅行にいったのを、知っている人がいるでしょうか」

吉村は課長にいうように顔を上げた。

「いないかもしれない。……神野は桜田をなんといって彼女に紹介したのか知らないが、彼女は彼を普通の勤め人とはみなかっただろう。北海道の地理を知っている人だからとでもいって、紹介したんじゃないかな」

課長は、また窓の外を向いた。鳩が二羽電線にとまっている。

「幾日経っても、久保川美鈴は自宅へ帰ってこない。マンションの入居者は、おかしいと思いはじめるでしょうね。彼女の長期間不在は、やがて家主か管理会社に知られる。家主か管理会社は、彼女の勤務先であるシトラスホテルに問い合わせる。問い合わせを受けたホテルは、なんて返事をするでしょうか」

吉村は、道原のほうを向いた。

シトラスホテルは、捜索願いを出して調べてもらっているとでも答えることにしているのだろうか。

マンションの家主や管理会社にはそう答えたとしても、警察を騙《だま》すことはできないだろう。行方不明の女性社員はどのような業務を担当していたのか、ときくだろう。その質問に社員は、しどろもどろの答えしかできないはずだ。

広島中央署の刑事課長から道原に電話があった。

桜田竹利は、広島市内から姿を消したのか、見つけることができない、という連絡だった。

そこで道原は、久保川美鈴からきいた「中村」との北海道旅行のようすを話した。松本に着いた彼女と「中村」は老舗旅館で落着いたが、美鈴が以前読んだある小説の一場面を思い出し、塩尻峠へいってみたいといった。そこは塩嶺御野立公園《えんれいおのだちこうえん》といって、円形の諏訪湖と天気がよければ南アルプス越しに秀峰富士を一望できる高台だと話した。

「展望台から青い諏訪湖を美鈴と中村と名乗っていた桜田は眺めていたのですが、彼女が気付かないうちに、桜田はその場からいなくなったということです。つまり彼女を展望台へ置き去りにしたんです。それ以来、桜田は彼女の前へあらわれませんし、いまのところ、どこからも彼に関する情報は入ってきません。……展望台へ置き去りにされた美鈴は、松本でただ一人の知り合いだったからでしょうか、私を訪ねて松本署へやってきました。冷たい雨に濡《ぬ》れて、一人ぼっちにされたからか、歩いていく方向を見失った人のようでした」

「旅行中、彼女は桜田を信頼していたのでしょうか」

「旅慣れしている彼を、頼もしいとみていたようでもありますし、反面、彼に怯《おび》えてもいたのではないかと思います」

「怯えていた……」

刑事課長は首をかしげたようだ。

「北海道旅行中、高い場所に立つと、背中を押されるのではないかと、戦《おのの》いていたようです」

「それは、どうしてでしょうか」

刑事課長の目が光ったのを見た気がした。

「久保川美鈴は、知りすぎた女だったんです」

「知りすぎた……」

「シトラスホテル社長の神野邦彦は、ホテル内で内緒事をやっていましたね」

「闇《やみ》カジノです。バカラ賭博《とばく》をやっているらしいという噂《うわさ》が入ったので、賭博場開帳図利罪容疑で、神野から事情を聴いたことがありました。彼は、ホテルの客が人を集めてバカラをやったらしいと、とぼけていたと取調官からきいています」

「海外から、違法薬物を仕入れているという噂もあるようですが」

「それについての噂も知っていますが、証拠をつかむことができないので、目下、情報を集めることにしている段階です」

「彼女は、薬物の仕入れに関しても、正確な情報を耳にいれていたのかもしれません」

「彼女が正確な情報をつかんでいたとしたら……」

「それを当局に押さえられる前に……」

刑事課長はうなずいたようだ。彼はメモでも取っているのか、しばらく黙っていた。

久保川美鈴は、松本方面にいるのかと刑事課長はきいたが、桜田に塩尻峠に置き去りにされたが、それ以後の行き先は不明だと道原は答えた。虚言を使ったのは、情報が洩《も》れた場合、彼女の生命に危険がおよぶおそれがあると考えたからだ。

当然のことだが、広島市のシトラスホテルは、久保川美鈴の行方不明を警察へ届け出た。社長の神野が届けを出せ、と指示したにちがいない。だが神野は、内心穏やかではないだろう。

彼は、彼女の北海道旅行を案内する役の桜田に、人目のないどこかで、美鈴を始末するようにと指示していたようだ。

美鈴は何日経っても広島へ帰ってこない。神野は、指示どおり桜田は彼女を始末したにちがいないとみているのだろうが、はたして成功したかは分かっていない。広島へもどった桜田から、どこそこで美鈴を始末したという報告を受けていないからだ。神野は、広島へもどってこない桜田のことが気になっているはずだ。もしかしたら桜田と美鈴は意気が合って、二人はどこかでひっそりと暮らすことにしたのではないかとも考えていそうだ。二人がどこで暮らそうとかまわないが、何年か後に、「あなたは、わたしを殺そうとした人なのね」といって、目の前にあらわれないともかぎらない。桜田と美鈴の消息をつかめないのを神野は、毎日、何度も気にしていることだろう。

美鈴は、松本市里山辺のアパートに入居し、ひとまず手足を伸ばすことができたが、脱走犯の桜田竹利は、どこでどうしているのだろうか。

桜田は、かつて山仲間だった京都市の石山にも、倉敷市の尾花にも、それから広島市の神野にも、「こうたろう」という名について、心あたりはないかをきいている。「こうたろう」に恨みがあるからだろう。服役中の彼を、まるでからかうように、お節介なはがきを送った人物だからだ。

十月十五日、朝のテレビは青森の八甲田山《はっこうださん》は初冠雪というニュースを流したが、松本地方は抜けるような蒼空《あおぞら》が広がった。朝の気温は四度。道原はコートのポケットに両手を突っ込んで出勤した。

署の玄関を入ろうとしたところへ、「道原さん」と、密やかな女性の声が呼んだ。彼は後ろを振り返った。女性が駆け寄ってきた。久保川美鈴だった。彼女はキャメル色のジャケットに紺のパンツ姿。黒いバッグを小脇に抱えている。顔色は蒼白《そうはく》で、目を吊り上げていた。

道原は夢想もしなかった事態の突発を感じ取り、彼女の手をつかんで玄関のなかへ入れた。なにがあったのかを立ったまままきいた。

「わたしは、見張られています」

「だれに……」

「だれなのかは分かりませんけど、男の人が二人、わたしの部屋を見上げているんです」

彼女は、里山辺の矢島荘アパート二階の西端の部屋へ入居したばかりだ。

けさの彼女は、窓のカーテンを開ける前に、いつもしているようにカーテンの端をつまんで道路を見下ろした。すると三十代から四十代らしい男が二人、二階を見上げていた。二人の目は美鈴の部屋の窓に集中しているようだった。彼女は見張られているのを感じ取り、三十分ほど経ってから警戒しながら部屋を抜け出した。周囲にも目を配ったが男たちはいなかった。それでタクシーを拾って松本署に着いたのだという。

「二人の男の服装は」

「一人は紺か黒、一人はグレーのスーツを着ていました。あ、グレーのスーツの人はメガネを掛けていました」

彼女はカーテンの透き間から二人の男を観察していたようだ。

「二人の男は、あなたの部屋を監視、あるいは確認しにきたのかもしれない。そうだとしたら、二人は何者だと思う」

「神野社長の指示で動いている人ではないかと思います」

「社員でしょうか」

「ホテルの社員ではないと思います」

「では、民間の調査機関の……」

「たぶんそうでしょう」

「あなたが、矢島荘アパートに入居したのを、どうやってつかんだのか」

道原は天井へ顔を向けた。彼と美鈴がいる相談室へ、吉村が入ってきた。シマコがちらりと室内を見てからお茶を運んできた。

矢島荘アパートを見にきた男がいるらしい。美鈴が入居したのを確認するために訪れたのだとしたら、それは神野の指図だろう。神野はどうやって、美鈴の居所を知ったのか、と道原は吉村とシマコの顔にいった。

「分かった」

腕組みしていたシマコは腕を解いた。

「河口波絵さんがマークされたんじゃないでしょうか」

「そうか」

道原は顎《あご》を引いた。

美鈴と酒店の娘の河口波絵は仲よしだ。そのことを神野は知っていた。なので波絵の動向を監視していれば美鈴の消息が分かるだろうと判断し、彼女が旅の支度をととのえて出掛けたのを尾行させたことが考えられる。

そういうことは社員にやらせられないので、民間の業者に波絵の動向調査を依頼したのだろうか。

尾行されているのを知らない波絵は、松本に着くと美鈴に会った。

神野から調査を依頼されたのは探偵社だろう。探偵社の調査員は、川口波絵を尾行して、美鈴が住むことにしたところを確認した。美鈴の当面の住所が分かったという報告を受けた神野は、どう動くつもりなのだろうか。

神野は桜田竹利に、北海道のどこかで美鈴を始末するようにと指示していたらしいのだから、毎日、気が休まらないだろう。早く彼女をこの世から消してしまいたいと考えていそうだ。

桜田はどこへ隠れてしまったのか不明。おそらく広島にはいないだろうとみているにちがいない。神野にとって桜田は、この世にいて欲しくない人間だ。神野は、桜田の居場所をさぐりあてようとしている。居場所が分かったら、叩き殺したいのではないか。


美鈴を署に保護しておいて、道原、吉村、シマコの三人は里山辺へ向かった。晴れた空の上空を白い雲が東へと流れていた。その雲を追いかけるように鳩が舞っている。

吉村がハンドルをにぎっている車はのろのろと走って、矢島荘アパートの前を通過して、百メートルばかりはなれたところでとめた。

「アパートの横にグレーのレンタカーがとまっていましたね」

助手席のシマコが走ってきた方向へ首をまわした。道原もグレーの乗用車のナンバーを見ていた。その車にはだれも乗っていなかった。アパートの裏側の道路を走ってみることにした。道路ぎわに神社の鳥居があって、それの柱に寄りかかるような格好をしている男がいた。陽差しは斜めに男にあたっている。

車を降りた道原は男に近寄った。三十代半ばに見える浅黒い顔をした中背の男だ。紺の細い縞《しま》のある上着にグレーのズボン。手にはコンパクトカメラをぶら下げている。

道原が近づくと男は横を向いた。

道原は、手帳を見せてから、なにをしているのかをきいた。

「人を待っているんです」

「どこのだれを、待っているんですか」

「……この近くの人をです」

「この近くに住んでいる人なら、その人の家へ行けばいいじゃないですか」

「そんなことは……」

男は眉を寄せて怒っているような顔をした。

鳥居から四、五十メートルはなれた道路の端に小型トラックがとまっていた。その車の陰から痩せぎすでメガネを掛けた男が出てきて、「なんですか」と、道原にきいた。四十歳見当だ。メガネのなかの目は細い。

「仲間ですか」

道原がメガネにきいた。

「そうです。仕事中ですから……」

邪魔をするなといっているようだ。

「このまっ昼間に、働き盛りの男が二人、だれかを待っている。近所の人があなたたちを見たら、気味悪がるでしょう」

「仕事ですので」

「張り込みか。身分証明書でも持っていたら見せてもらいたい」

メガネの男が、道原をひとにらみしてから上着の内ポケットに手を入れて、名刺入れのような黒いケースを取り出して開いた。［ＡＢＣリサーチ］それの所在地は広島市小町《こまち》だった。

だれを待っているのかを、道原は二人の男にきいたが、二人は首を横に振った。二人とも、美鈴はアパートの部屋にいるものと思い込んでいるらしかった。

4

署にもどった道原たちは、相談室で久保川美鈴に会った。

広島の探偵社の調査員が二人、アパートを張り込んでいることを彼女に話した。彼女は固く組み合わせた手を胸にあてた。アパートへはもどれない。どうしたらいいかを考えているようだ。

「調査員は、あなたの写真を撮るつもりでしょう。矢島荘アパートに住んでいるのを確認したと、調査依頼人に報告したいからです。……十日間も二十日間も張り込んではいないと思うので、あなたは何日間かホテルに泊まったほうがいい。調査員は、あなたの姿をカメラに収めることができなかったら、アパートの家主に会って、久保川美鈴さんが入居したという言葉を録音して、依頼人に報告するかもしれない。依頼人があなたが住んでいるところをつかみたい目的は、あなたに対してなにかをしたいということだと思う。きわめて危険なことを考えていそうな気もする。……あなたは広島の河口波絵さんに会ってはいけない。河口さんに尾行がつくことが考えられるからだ。……もしも桜田竹利から、会いたいという連絡があったとしても、会ってはいけない。あなたはケータイの番号を変えなさい」

美鈴はうなずいてから、住所を移るといった。道原は、賛成だった。矢島荘アパートに住んでいたら、いつ身に危険が及ぶかと気が安まらないだろうと思ったからだ。

道原たちは当分のあいだ毎日一度は、矢島荘アパートとその周辺を見まわりにいくことにした。

広島からやってきた二人の調査員に会った次の日の朝、道原たちの車は里山辺をひとまわりした。矢島荘アパートの前も裏側も何度も見てまわったが、不審者は目に入らなかった。二人の調査員は広島へ帰ったのだろうか。神野には、「久保川美鈴はどこへいったのか、アパートへは帰ってこなかった」と報告するのだろうか。

広島市のＡＢＣリサーチの二人の調査員に会った四日目の午前十時すぎ、里山辺の矢島荘アパートの二階へ顔を向けている二人の男を見つけた。一人は小太りの四十半ば、一人は二十代後半に見えた。その二人は神社の鳥居に寄りかかるような格好をしていた。

道原と吉村は車を降りて、二人の男に近寄って身分証を示した。二人は丸い目をした。

「ここでなにをしているんですか」

「人を待っているんです」

四十代が答えた。

「職業と所属を教えてください」

二人は身分証明書をポケットから出した。

所属は「神宮前調査事務所・東京都港区北青山」

「人を待っているんじゃなくて、矢島荘アパートに住んでいる女性を張り込んでいるんでしょ」

道原がいうと、四十代の男は道原の顔をにらむように見てから、

「なぜそれが分かるんですか」

目を吊り上げた。

「四、五日前には、広島からきていた調査員が張り込んでいたが、目的を果たせなかったらしく、引き揚げた。あなたたちの邪魔をするつもりはないが、ここでアパートに住んでいる人を張り込んでいても、無駄だと思う」

「どうして、それが……」

四十代の男は気の強そうな表情をした。

「あなたたちが張り込んでいて、アパートを出ていくある人を尾行するつもりでしょうが、その人は、アパートには住んでいないよ」

二人の調査員は、えっ、というふうに顔を見合わせた。

どうしてそれが分かっているのかと、二人はききたいらしかったが、道原はあらた

めて二人の顔を見てから車にもどった。

広島からやってきた調査員は、依頼人の要望目的を果たせず引き揚げた。それで今度は東京の調査員を使った。それは神野邦彦の執念だろう。

久保川美鈴の北海道旅行に桜田竹利を同行させたのは、彼女をこの世から消すためだったようだ。ところが彼女は無事生きて帰ってきた。神野は、姿を消してしまった桜田に向かって、「この役立たずめ」と怒鳴ったにちがいない。

神野はどうしても美鈴を葬りたい。それなのに北海道ではその目的を果たせなかった。美鈴は神野の肚《はら》のなかを読んでか、広島にはもどらなかった。そこで彼女の友人の動きを監視した。が、どうやらそれも思いどおりに事が運んでいない。

東京の調査事務所はきょう中に、「被調査人の行方は不明」という連絡を神野に伝えるだろう。それをきいて神野は、歯ぎしりしたか地団駄を踏んだにちがいないが、美鈴追跡を諦《あきら》めはしないような気がする。彼女は神野の秘密をにぎっている女だ。広島から遠くはなれたところで、煙になって天に消えてほしいと希《ねが》っていそうだ。

吉村が、美鈴は、松本市巾上《はばうえ》のビジネスホテルに滞在しているので、そこへいくことにした。

「われわれの車を尾行する者がいるかもしれない」

といった。考えられることだと思ったので、道原は署の裏口から出、吉村とシマコは少し間隔をあけてそれぞれ玄関から出て、後ろを振り返りながら歩いてホテルに着いた。尾けてきそうな者はいなかった、と三人はいって、美鈴がいる三階の部屋へ入った。

三人は、松本市内か安曇野市で美鈴の住むところを見つけようと話し合うと、

「松本市内のほうが……」

と、美鈴はいった。松本署の目が届くところにいたいといっているようだった。

「あなたは、働かなくてはならないでしょうね」

道原は、美鈴の経済を気にかけた。

「二、三か月は、大丈夫です」

彼女には蓄えがあるということらしかったが、働くところをさがしたいといった。

「漬物屋でよかったら、紹介しますけど」

シマコだ。

「それは、どこ」

吉村がきいた。

「北松本駅の近く。保阪《ほさか》さんという家がやっている白板屋《しらいたや》という、古くてわりに大きい店。わたしと高校の同級生だった子の家なの。同級生は苑江《そのえ》っていう名で、店を手伝ってる。従業員が三人ぐらいいるらしい。……漬物屋は、嫌かしら」

シマコは美鈴の白い顔を向いた。

美鈴は、嫌ではないというように首を振った。

「松本にいるつもりなら二、三日考えてみて」

「松本にいます」

美鈴はわずかに頰をゆるめた。

東京の神宮前調査事務所の調査員は、道原のいったことが信じられないとみれば、一日二日は、矢島荘アパートを張り込んでいるだろう。だからそこへは近寄らないでと、道原は美鈴にあらためて注意した。


道原は、美鈴から話をきいた野中蝶子の消息が気になった。シトラスホテルで社長秘書をつとめていた人である。

蝶子は、社長の神野がやっていた違法行為のすべてを知っていた。そのため良心の呵責《かしゃく》に苦しんだ。それを神野は感じとったらしい。それで神野からの制裁を怖れて退職し、退職するとすぐに転居し、広島市をはなれたらしい。広島を出てから二か所に居住し、現在は岐阜県高山《たかやま》市に住んでいることが分かった。

広島市をはなれてから、なぜ住所を転々としたのかを、高山署員にきいてもらうことにした。

広島から知人を頼って、愛媛県松山市に転居して貸屋に住んでいたが、真夜中に火災が発生した。火の気のないところからの出火のため、消防と警察は放火と認め、蝶子と母は事情聴取を受けた。放火の犯人は見つからなかった。

蝶子と母は、それまで縁のなかった島根県松江《まつえ》市に移り、二年を経て現在の高山市に移ったことが分かった。だが、彼女と母を訪ねた警官には、転々と住所を変えた事情は話さなかったという。

道原が、蝶子母子のことを美鈴に話すと、

「蝶子さんに会いたい」

といった。

「会わないほうがいい。あなたが野中さんを訪ねたら、神野さんの回し者ではと勘繰られるかもしれない」

道原がいうと美鈴は、寒さをこらえるように胸を抱えた。人の疎《うと》ましさをうらんでいるようだった。

道原たちは次の日も、里山辺の矢島荘アパートの周囲を車で廻った。二階の窓をにらんでいる者は目に入らなかった。そのことをホテルに滞在している美鈴に話した。

美鈴はあらたに住むところをさがす、といった。

第七章　隠れ処

1

　久保川美鈴は、松本市島内《しまうち》の「リンゴ園」という大きいアパートの二階に住むことになった。松本署の交通課員の男性が結婚して、住所を移ったために一か月あまり空いていた部屋だった。その部屋には朝陽が入る。

「布団を干せるので、うれしい」

　美鈴は、部屋を見にきた道原とシマコにいった。キッチンと三畳と六畳の間がある。アパートの裏はリンゴ畑だ。

　鍋《なべ》や食器類はシマコが自宅から持ってきて提供した。新しいタオルも十本ぐらい持ってきた。

「なぜタオルがあまるほどあるんだ」

道原がシマコにきいた。

「お祝いとかご不幸のときに、両親がいただいてきた物です」

「そうか」

道原の家にも未使用のタオルが何本かあるのを思い出した。

美鈴は、リンゴ畑を見下ろしている道原とシマコの後ろに立って、

「中村さんはどこへいったのでしょうか」

と、つぶやくようにいった。桜田竹利のことだ。

桜田は美鈴に対して親切で、北海道の地理に通じている頼りになる男だったにちがいない。現在は目立たないことをやって、できるだけ人に会わないことにしてひっそりと暮らしているのだろう。彼は脱走犯であり、殺人を指揮した人物だ。どこへいっても警官の目が光っているのを意識しているはずだ。

塩尻峠から姿を消した彼は、長野県内にはいないような気がする。美鈴と旅をした北海道へもどって、農家に雇ってもらい、畑仕事か家畜の世話でもしているのではないかと、道原は想像した。

二十世帯が住んでいるアパートに入った美鈴は、窓のカーテンを開ける前に、かならず透き間から外をのぞくことにしている。張り込んでいる者がいないかを警戒しているのだ。買い物に出たときは、何度も後ろを振り向く、と道原たちにいった。

彼女の行方を追っている者がいたとしたら、それは神野邦彦の指示だろう。神野は、美鈴の姿が見えなくなったことを、調査を依頼した調査機関からきいているだろう。北海道身の危険を知って逃げ、住所を隠しているのを読んでいる。彼女は桜田から、北海道で消すようにと神野から指示されていたことをきいていたような気もする。

ところが彼女は生きていて、松本市の里山辺という土地のアパートに住むことにしていた。それと、桜田はどこへいったのか姿を消してしまった。

神野は、桜田に美鈴の始末を依頼したのは誤りだったと、歯ぎしりしているにちがいない。それと、自分の身にも見えないところから弾丸が飛んできはしないかと、気が気でないだろう。

彼はいまも、どこかの調査機関に桜田と美鈴の住所をさがしあてる調査を依頼していそうだ。もしも二人の居所を見つけることができたら、二人とも生かしておくことはできないとして、この世から消す方法を考えるだろう。

生きていかねばならない美鈴は、シマコの高校時代の同級生だった保阪苑江の両親がやっている漬物の白板屋で働きたいといった。転職先をさがして歩きまわるのも危険だと思ったのだろう。

美鈴があらたに住みはじめたアパートから白板屋までは約一キロ半。自転車で通える距離である。

美鈴は夕方、道原とシマコに付添われて漬物の白板屋を訪ねた。

警察官はこういうことに介入するのを慎めといわれているが、道原は特例だといった。

女将《おかみ》である苑江の母の悦子《えつこ》はたいそうよろこんで美鈴を迎えた。小さな事務室から漬物の樽《たる》がいくつも見えた。

「うちは、小売りもしているけど、漬物の製造と卸が主なの。あなたが勤めてくれたら、野菜の仕入れを担当して欲しい。冬場は仕入れる物が少ないけど、暖かい時季は、ときどき、野菜を契約している農家へいく仕事があるんです」

悦子はにこにこしながら仕事を説明した。

一通り仕事の説明をきき終えた美鈴は、

「未熟者ですが、一生懸命勤めますので、よろしくお願いいたします」

と、椅子から立ち上がって頭を下げた。

苑江の父の健一郎《けんいちろう》が外出からもどってきた。赤ら顔の体格のいい男だった。

美鈴のことをシマコは、広島の出身だが事情があって、松本に住むことになったと、前もって保阪夫婦には説明していた。事情については細かく話さず、旅行中に立ち寄った松本が好きになった人だといった。警察官と娘の同級生の紹介だったことと、礼儀の心得がありそうな美鈴を観察して、保阪夫婦は真面目そうな女性と判断したようだ。

だが健一郎は、悦子と会話している美鈴をじっと見ながら、広島の人が、なぜ松本の警察官と知り合いになったのかをシマコにきいた。

「道原さんは仕事で広島へ出張しました。あちらで久保川さんに会って、彼女が勤めていた会社の情報をきいたのが知り合ったきっかけ。久保川さんが勤めていた会社の社長が、不正をはたらいていた。久保川さんはそれを知っていたので、その会社にいるのが嫌になって辞めたんです」

シマコは少し苦し気で、いくぶん曖昧《あいまい》な説明をした。

健一郎は、シマコの説明に納得したのかどうかは分からなかったが、首を縦に振っていた。

悦子は、あしたにも勤めて欲しいといったが、美鈴は、明後日から出勤したいといった。

黒い革のジャンパーを着た苑江が外出先からもどってきた。苑江とシマコは仲よしらしく手を取り合った。シマコが美鈴を苑江に紹介した。

「明後日からお世話になることにしました」

美鈴は目を細めて苑江に頭を下げた。

「そう。うれしい。よろしくお願いします」

苑江は白い歯を見せた。

黒光りしたデスクの電話が鳴った。苑江が飛びつくようにして受話器を耳にあてた。取引先からのようで、彼女はノートにペンをはしらせた。歯切れのいい応答だった。

帰る途中のスーパーで食品を買って、アパートのリンゴ園に着いた。周囲に目を配ったが、挙動の怪しい者は見あたらなかった。

「あ、テーブルがなかったわね。そうだ。使っていない卓袱台《ちゃぶだい》があるので、あした、持ってきてあげます」

シマコは美鈴の姉になったようないいかたをした。

「きみの家には、不用品がいくつもあるんだね」

道原がシマコにいった。

「姉が一度、所帯を持ったことがあったので」

シマコはいうと、首をすくめるようにして舌の先をのぞかせた。シマコの河原崎家は六代つづいた旧家だが、世わたり上手な人ばかりではなかったようだ。

三人は畳の部屋にすわって、買ってきた物を食べた。

「神野氏は、あなたがどこへ移転したのか、桜田がどこへ消えたのかをさぐっている。アパートを出るさいは周りをよく見てからにしなさい。不審者に気づいたらすぐに警察へ電話すること。……神野氏は、あなたと桜田が一緒に住んでいるんじゃないかとみているような気もする」

道原がいうと、美鈴は、「そう思う」というふうに首を動かした。

塩尻峠の展望台へ美鈴を置き去りにした桜田は、どこに消えたのか。彼も生きていかねばならないだろう、それには働くことだ。

彼には住む家もないし、着の身着のままだ。働きたくても、雇ってくれる人がいるだろうか。秋も深まり、信州の朝は手がかじかむような寒さだ。道原は、コートのポケットに両手を入れて出勤した。三船課長は自分で淹《い》れたお茶を飲んでいた。この課長は、自宅にいるのが嫌なのではないかと思うほど早く出勤することがある。

道原が刑事課へ入って、「お早うございます」と、課長にいったところへ、シマコが転がるように入ってきた。

「伝さん。私はけさ、布団のなかで気付いたことがあるんだ」

課長だ。

「布団のなかで……」

道原も自分でお茶をいれた。シマコは、課長と道原を横目に入れていた。

「けさは冷えますね」

吉村が出勤した。

道原は湯呑《ゆの》みを持ったまま、椅子に腰掛けた課長の前へ立った。布団のなかで課長が気付いたことをきくためだ。

「桜田は、神野の前へいって、『申し訳ありません。久保川美鈴さんを、松本で逃がしてしまいました』とでもいって頭を下げたのだと思う。……桜田は住むところも職もない男だ。彼にとってもっとも安全な場所は、神野の傘の下だと思い付いた。神野は、美鈴をこの世から消すことを桜田に委ねた人間だ。桜田に秘密をにぎられている人間だ。だから桜田から頼まれ事をしたらそれを無下に断わることができない。桜田はどこかでのたれ死にしないものかと毎日、暗いところを向いて手を合わせていたのだろう」

「ところがひょっこり、桜田が広島へもどってきたんじゃないかって、考えたんですね」

道原がいった。

「そう。桜田は広島のどこからかで神野に電話を掛けたんじゃないかな。神野にとっては桜田にホテルへこられては困るので、こっそりと会える場所を教えたと思う」

道原は、課長の推測はあたっていると思うといった。

いまごろ神野と桜田は、人目を避けて、ひそひそと話し合いをしていそうだ。

神野は美鈴をこの世から消してくれと桜田に指示したにちがいない。桜田は神野の指示を実行したとする。実行に成功しても失敗しても、桜田は広島へもどってくる男だった。したがって神野は、桜田がもどってきたらどうするかを、あらかじめ考えていたのではないだろうか。

桜田は、脱走犯のみではなく、他人を使って男女を殺させた男だ。地獄から這《は》い出てきた悪魔のような人間だと神野はみていただろう。だから美鈴の始末を依頼した。ある程度まとまった金額を手渡し、「やってくれるね」と、にらみつけたような気がする。神野は桜田を悪逆無道の人間とみたので、美鈴の始末をやらせることにした。

が、桜田は男盛り四十代で、二年以上も女に触れていない。そういう者が、容姿のととのった美鈴と一週間もかけての旅をする。二人に男女の関係が生じても、不思議ではないだろう。神野はそれも計算に入れていた。ベッドのなかで美鈴がいちばん下のものをはずすときの息遣いが思い出され、こめかみのあたりに一瞬、小さな刺激が奔《はし》ったにちがいない。それでも神野は、美鈴をこの世から葬ることにした。自分が固く秘密を守らないと、何人もの顧客に影響が及ぶという事情があった。

「伝さん。もう一度、吉村と一緒に広島へいってきてくれないか。神野に会ったら、いきなり、桜田竹利は北海道からいつ帰ってきた、ときくといい」

課長は、自分が傲慢《ごうまん》な面構えの神野の前へ立ったような気になったらしい。

2

道原と吉村は、JR中央本線で名古屋に着き、新幹線に乗り継いで広島に着いた。けさはいつもより早起きしたからか、二人とも眠っていて、京都も新大阪も夢のなかだった。

広島中央署へ寄って、シトラスホテル社長の神野邦彦をふたたび訪ねるためにやってきたことを伝えた。

「神野には電話をしますか。それとも……」

刑事課長は、神野に気を遣うようないいかたをした。

「いや。ホテルへ直接いきます」

道原は切り込むようにいった。

「では、うちからも二人」

課長は、荒川《あらかわ》と江木《えぎ》という四十代の刑事を道原たちに同行させることにした。荒川は四角ばった大きい顔をしている。江木は細面の長身だ。

四人はシトラスホテル地下の駐車場に車を入れた。きょうはこのホテルで財界の会議でもあるのか、黒の高級車がずらりと並んでいた。

四人の刑事は一階のフロントで、社長の神野に会いたいと告げた。若い女性のフロント係は、四人が警察官だと知ると、やや上目遣いになった。彼女はフロントの背中のドアのなかへ消え、五、六分出てこなかった。

四十代後半に見える肉付きのいい女性が出てきて、「ご用件は……」ときいた。

「神野さん以外の人にはいえません」

荒川が太くて低い声で答えた。

女性社員はドアのなかへ引っ込んだが、すぐに出てきて、ろした。

「社長は午後一時に参ります」

と、硬い表情をした。

「待たせてもらいます」

あと二十分あまりだ。四人の刑事は白い角柱が立っているロビーのソファへ腰を下

午後一時五分、四十代後半に見える女性が、

「お待たせいたしました。ご案内します」

といって、四人の刑事の先に立った。

案内されたのは応接室。社長室はべつにあるのだろう。社長室はどんな部屋なのか、道原は見たかった。応接室はドアで事務室とつながっていた。天井では小さな音楽が鳴っている。

神野社長は、事務室との境のドアからあらわれた。濃いグレーの地に紺の縞《しま》の通った上質そうなスーツを着ていた。

「四人もおそろいで、いったいなにがあったんですか」

神野はソファに腰を下ろす前にいった。

「北海道旅行を終えた桜田竹利は、広島へもどってきましたね」

道原がきいた。

「……ええ」

少し間をおいて答えた。

「北海道へいく前とは変わっていましたか」

「変わって。……べつに変わってはいなかったと思いますが、どうしてですか」

神野は眉《まゆ》を寄せた。

「あなたは、北海道で大仕事をさせるために、久保川美鈴さんの案内役に桜田を仕立てたんでしょ」

「仕立てたとは妙ないいかたですね。私が桜田さんに北海道の地理を知っているかときぎましたら、彼は、何度もいったことがあるので大体の地理は知っているといいました。それで、いったことのない美鈴を案内してやってくれないかと私がいったんです」

「桜田は、脱走犯人ですよ。脱走して松本へきて、他人に一組の男女の殺害を依頼した人間です。あなたは桜田の犯行を知っていた。だから久保川さんの案内役を引き受けさせた。彼の弱味をつかんでいたので、現金を渡して引き受けさせた。……あるいは桜田が、金をくれればなんでもやるといったのか」

道原がいうと神野は目を伏せて首を横に振った。

「あなたは、社員だった久保川さんと特別な間柄になった。気のゆるみからだろうと思うが、このホテルでやっている秘密を彼女に知られてしまった。それで、自分だけでなく、何人かの客の秘密を守るために、あなたのやっていることを知りすぎた彼女を、葬ることにした。……旅行をしたいといった彼女に北海道旅行をすすめたのは、あなただったんじゃないのか」

少し猫背になっていた神野はからだを起こすと、唇をゆがめた。四人の刑事を、嫌なやつらだといっているようだった。

「久保川さんは、旅行中、高いところに立つたびに、桜田に背中を押されるか、足をすくわれるんじゃないかって震えていたそうだ。……あなたは桜田に、人目のない場所に立った彼女のスキをみて、突き落とせといったんじゃないのか。現金の金額をちらつかせて、殺《や》ってくれるね、とでもいったんじゃないのか」

「神野さん。あなたは、桜田竹利の弱味をつかんでいた。桜田は逃げ隠れしている人間だったので、その弱味につけ込んで、久保川さんを消そうとしたんだな」

江木は長い首を神野に向かって伸ばした。

神野は背筋を伸ばした。四人の刑事の顔をにらみつけた。

「あんたたちは、妄想にとりつかれている。脱走犯の桜田を利用しようとしたなんて。警察官は、妄想や、想像や、空想でものをいったり行動してはいけない。あんたたちが、いま考えていることは事実無根。私は忙しい。そんなことで時間を潰《つぶ》すのはやめにしてもらいたい」

神野は、唾《つば》でも吐きたそうないいかたをし、立ち上がりたいのか腰や足を動かした。

「あなたは、松本市内のアパートへ住もうとしていた久保川さんを、探偵を使って張り込ませていた。彼女をつかまえて、なんとかしようとしたにちがいない。彼女に生きていられては困ることがあるからでしょう」

江木の声は低いが、相手の胸を刺すように鋭かった。

「久保川さんの案内役と称して桜田を北海道へいかせたが、なんの役にも立たなかった。それどころか久保川さんと桜田は、あなたにとってはきわめて危険な人間になった。あなたはどうしても、久保川さんをつかまえたいのだろうね」

江木が一歩踏み込んだ。

「そんな気は、さらさらありません」

神野は投げ遣りないいかたをした。本心ではないだろうと道原は読んだが、黙っていた。

吉村が咳払《せきばら》いをして、

「桜田は広島へもどってきましたね」

と神野にきいた。

「さあ」

神野は横を向いた。美鈴を始末することができなかった男が、自分の前へあらわれるわけがない、といっているようだ。

四人の刑事は、号令がかかったように一斉に立ち上がった。八つの目は、脂ぎってまるい神野の顔に注がれた。

「きょうはこれで引き揚げますが、気づいたことがあったら、何度でもうかがうことにします」

荒川は威圧を与えた。神野は敵意を込めた光った目で四人の顔を見上げた。

四人は、地下の駐車場で話し合い、ホテルの従業員から話をきくことにした。

駐車場の出口に近いコーナーにはドアにシトラスホテルの名を入れたマイクロバスがとめてあり、社長専用の黒の高級車もとめてあった。ホテルの車に乗って外出しようとした男性社員をつかまえて、桜田竹利の写真を見せ、最近、社長に会いにきているると思うが、姿を見ているかときいた。

二人の男性社員にきいたが、見た覚えはないといわれた。

三十半ばに見える女性社員が、紙袋を提げて車に乗ろうとした。道原と吉村はその人に近づいて、写真を見せ、最近見掛けていないかときいた。

「ホームの人ですか」

彼女は逆にきいた。

「ホームというのは……」

道原が女性の丸い顔にきいた。

「快寿苑《かいじゅえん》という老人ホームを経営していますので」

声は小さいがはっきりした言葉遣いをした。

それはどこかときくと、広島城の北の西白島町《にしはくしまちょう》だという。

「大きい老人ホームで、入居者は百人ぐらいいます。わたしは一年前まで快寿苑に勤めていました」

「最近、そこへ勤めはじめた男の人はいませんでしたか」

「何人かはいるはずです。仕事がきついので、毎月、辞める人が何人もいます。それで、しょっちゅう職員を募集しています」

道原と吉村は快寿苑へいってみることにした。桜田は、なんらかのかたちで神野邦彦とつながっているような気がしたからだ。もしかしたら神野のほうが桜田を必要としているのかもしれない。神野は桜田の使いみちをしょっちゅう考えているような気がする。桜田は、いったんは久保川美鈴殺しを引き受けた人間だ。

「北海道旅行中、美鈴を殺すチャンスはいくらでもあったはずなのに、なぜそれを実行しなかったんでしょうか」

吉村が道原にいった。

「美鈴に対しては、憎しみがなかったからだと思う。桜田は、金が欲しかったんで、神野のいうことをきこうとした。だが美鈴に対しては、なんの憎悪もなかった。むしろ、神野からは、虫けらを潰すように葬れといわれた彼女が哀れになった。……桜田は、彼女を殺そうとしたことも、殺せなかったことも、彼女に話したかったような気がするんだ。だがそれをいい出せず、塩尻峠で、彼女の背中を目に焼き付けるように見て、姿を消したにちがいない」

吉村は道原の顔から目をはなすと、遠いところを見るように腕を組んだ。彼のその目には、美鈴が映っているようでもあった。

美鈴は漬物の白板屋に勤めはじめる。身辺に何事も起こらず、長つづきするといいがと、道原も彼女の白い顔を思い浮かべた。

3

老人ホームの快寿苑は茶色の壁の大きな二階建てだった。広い庭が青垣に囲まれていた。駐車場にはさまざまな色の車が何台もとまっていて、道原と吉村が乗ったレンタカーが着いたとき、救急車が出ていき、それを軽乗用車が追っていった。ホーム内で発病した人がいて、病院へ運ばれていったのではないか。

ここは百人が利用している大規模施設だ。廊下は広くて長い。入居者の女性らしい二人が壁ぎわの手すりにつかまりながら歩いていた。一人はシャツにセーターを重ねているが、一人はパジャマ姿だった。どこからか人を呼ぶような大きい声がきこえていたが、そこへ駆けつける人はいなかった。奥のほうから不規則な楽器の音がきこえる。

カウンターのベルを鳴らすと、事務室から格子柄のシャツに細いジーパンの若い女性が出てきた。胸に「杉下《すぎした》」の名札をつけていた。

「こちらに、桜田竹利という男性が勤めていますか」

吉村が長野県警の者だといって身分証を見せた。

「職員ですか」

杉下がきいた。

「そうだと思います」

「長く休んでいる人もいますので、名前を憶えきれません。名簿を見てきますので少しお待ちください」

彼女は電話が鳴っている事務室へ飛び込んだ。

廊下の奥から頭の白い男が、からだを左右に揺らしながら出てきた。その人は玄関まで出てくると、くるりとからだを回転させて奥を向いた。手には縄跳びのような紐《ひも》を持っていた。

入居者の多くは室内で寝ているのか、廊下は静かである。

事務室から杉下が出てきた。

「桜田という人はいません。最近辞めた人のなかにもいません。桜田という人は、ここに勤めていることになっているんですか」

杉下は真剣な目をした。

「このホームは、シトラスホテルの系列らしいですね」

道原がきいた。

「こちらは、社会福祉法人で、ホテルは株式会社ですが、同系列です。なにをお調べになっておいでですか」

「桜田竹利という人をさがしているんです。もしかしたらこちらに勤めているのではと思ったものですから」

道原がいうと、杉下は小首をかしげ、

「きのう面接にきた男性ではないでしょうか」

といった。

吉村が、ノートにはさんでいる桜田の写真を彼女に見せた。

「そうです。この人です。でもお名前は桜田さんではなかったと思います」

彼女はそういって、写真を返すと、面接にきた男性の履歴書が苑長のデスクの上の未決箱に入っているので、確かめてくるといった。

彼女は十分ほどしてメモを持って道原たちが立っている玄関へもどってきた。

「きのう面接にきた男性は、中村武男さんという方ですけど、電話番号が書いてないです」

彼女はそういって、走り書きしたメモを見せた。

履歴書に書かれている中村武男の住所は、大分県日田《ひた》市下林《しもばやし》となっていた。

「大分県……」

道原と吉村は顔を見合わせた。

中村武男の職歴は、「杖立《つえたて》温泉・湯《ゆ》の見《み》荘」そこを先月退職となっていた。

「杖立温泉は、大分と熊本の県境だ」

杖立川という川沿いのひっそりとした温泉地だ。道原は三年ほど前に仕事でいき、川を眺められる宿に一泊したのを思い出した。泊まった旅館の廊下には、県境を示す黒い線が引かれていた。

吉村はスマホで、杖立温泉の案内所の電話番号を調べ、湯の見荘という旅館の番号をきいた。

「ない、ない……」

彼はつぶやいて電話を切った。

杖立温泉には、湯の見荘という旅館はないことが分かった。

日田市役所に電話して、中村武男の住民登録を確かめた。が、該当者はないという回答だった。

「氏名も、住所も、勤務先も、でたらめだ」

吉村は叩きつけるようないいかたをした。

中村武男と名乗った男は、採用されたのかと杉下にきくと、来週から寮に入って勤めることになっているといった。

桜田は、氏名も住所も過去の勤務先をも偽っている。それは、快寿苑の職員に正体を知られないための工作ではなかったかと思われる。

道原は廊下の奥を見て、楽器の音がしているが、入居者が演奏しているのかときいた。

「演奏といえるかどうか」

彼女は笑い、楽器を鳴らしている人たちをご覧になりますか、といった。

道原と吉村は笑顔になって、

「見学させてください」

といった。

彼女は、「どうぞ」といってスリッパを出した。

長い廊下の突きあたりには談話室という札が出ていて、七、八人の老人がテレビのほうを向いていた。

廊下を左に折れた。楽器の音が急に大きくなった。広い部屋のドアが開いたからだ。

「この部屋で、皆さん思い思いにすごしています」

立ったままピアノを叩いている男性がいた。ギターが鳴っていた。杉下の話だと、ギターを抱えている男性は、毎日、同じ曲を繰り返し弾いているのだという。部屋の中央には円型のテーブルが据えられている。髪の真っ白い女性はたたんだタオルで、テーブルを拭《ふ》いている。その人は毎日、何時間もテーブルを拭きつづけているのだという。夫婦で入居している人が三組いるが、二組の夫婦は一緒に食事をしないし、話し合いもしないらしい。

「平和ですね」

道原がいうと、杉下はきつい目になって、

「平和でない日もあるんですよ」

といった。

「元、市の職員だった人は、ときどき人の悪口をいうんです。それをきいた人がいい返すと、殴りかかったり。……いつも不満を胸に抱えているようにみえます」

「何歳ですか」

「間もなく九十歳になります」

緑の生け垣を向いてすわっている男性がいた。その人はなにかを書いているように見えたので、道原はそっと背中に近寄った。

画用紙に色エンピツで空を飛ぶ鳥を描いていた。羽を広げている鳥は鷲《わし》か鷹《たか》のようだ。獲物を見つけて、つかみかかろうとしているようだ。

吉村も肩越しにその絵をのぞいて、道原と顔を見合わせた。

二人の横へ杉下がきて、

「このホームには、神野社長のおじいさんが入っています」

と小さい声でいった。

「おじいさん。……かなりの年齢では」

「あと、二、三年で百歳になられます。耳が不自由ですので、会話はうまくできませんけど、お元気です」

その人は、二階の特別室で暮らしていて、専属の女性係員がいるという。

「おじいさんは毎朝、新聞に目を通されます。テレビではニュースと歌謡番組しか観ません」

「あとは、なにをしているんですか」

「朝は七時に起きて、係員が散歩のお伴をします。お昼ごはんのあと一時間ほどお昼寝をなさいますが、あとは窓からずっと外を眺めています」

「奥さんはおいでにならないのですか」

「奥さまは、二十年以上前に、お亡くなりになったそうです」

「神野さんのお父さんは……」

「会長です。奥さまとご一緒にたびたび海外旅行に出掛けられます。いまも外国のクルーズ船に乗って、ヨーロッパを巡っていらっしゃるようです」

会長は七十二歳だという。

杉下は、道原と吉村に、「お茶をどうぞ」といって面会室へ案内した。

杉下は、白いカップで紅茶を出した。

「刑事さんは先ほど、桜田なんとかいう人をさがしていらっしゃるとおっしゃいましたが、どういう人なんですか」

杉下は、きらきら光る目を二人の刑事に向けた。

「ある事件に関することで、ききたいことがあったものですから」

道原がいった。

「長野県の刑事さんが、広島まで……」

彼女はつぶやいた。どうやら彼女は「事件」に興味を持っているようだ。

「桜田という人は快寿苑に勤めているのではと思われたので、刑事さんは訪ねておいでになった。老人ホームに勤めているらしいという情報でも……」

杉下は首をかしげた。

「神野さんの知り合いだったからです。神野さんは最近、桜田という男と何度も会っている。桜田は職業に就いていませんでした。それで職員を欲しがっているこちらに勤めるのを、すすめようとしたのではと考えたんです」

「その人は、長野県の人なんですね」

「そうです」

「長野県の人が、広島のホテルの社長に会いにきた。その人は、ホテルに勤めたいとでも……。だけどその人はなんらかのかたちで事件と関係がありそう。……刑事さんは、その人の行方をさがしている」

杉下は、テーブルの一か所に目を据えるようにして、独り言をいった。

しばらくやんでいたピアノが鳴りはじめた。

「また、あの人だ」

杉下は音のするほうを向いた。立ったままピアノを叩くように鳴らしていた男性にちがいない。ピアノが好きなのか憎いのか分からない。呪文《じゅもん》のように、なにかを口走りながらピアノを叩くときもあるという。

道原は、ここの入居者の平均年齢を杉下にきいた。

「平均は八十二、三歳です。五十代の男性が一人います。最高齢者は百三歳。先週亡くなった方は百四歳の女性でした」

快寿苑の門を出ると、吉村がその建物をカメラに収めた。

「道原さん、そこに立ってください」

道原は「快寿苑」と太字で彫られている門柱の横に立った。

「中村武男を名乗っている桜田は、はたして来週からこの老人ホームに勤めるだろうか」

道原は、青垣に囲まれた大きい建物を振り返った。

北海道旅行を終えた桜田は、神野に会った。美鈴を始末するという使命を抱いて旅行に出たが、それを果たすことができなかった桜田は、神野の前へ頭を下げたのか。使命を果たせなかったのだから、二度と神野の前へはあらわれないだろうと道原は想像していたが、その推測はあたっていなかった。

頭を低くしてやってきた桜田に、神野はなんといっただろうか。快寿苑に勤めろといったのか。そうだとしたら神野は、別の使いみちを考えているのではないか。

4

月曜になった。道原は、宿泊しているホテルから快寿苑の職員の杉下に電話して、「中村武男」は出勤したかをきいた。

「きませんし、連絡もありません」

桜田竹利は、老人ホームに勤める気を失くしたのか。それとも、なんらかのかたちで身元を知られることを怖れたのか。

げんに刑事がホームを訪ねている。履歴書にでたらめを書いたことが露見している。そういうことがあるのを、彼は予見していたのかもしれない。

「快寿苑に勤めていろといったのは、神野にちがいない。神野は桜田をどう使おうかを考えるために、老人ホームに勤めさせようとしたんだろうな」

道原がいった。

「桜田は、神野のいうことをきいて、本気で快寿苑に勤めようとしたのでしょうか」

吉村は首を曲げた。

「いったんは勤めようとしたんじゃないか。だから面接にいった。だが、神野から、また難題を押しつけられそうだと気付いた。あるいは、殺されるのではと思った」

「そうでしょう。神野のことが恐くなったんです」

吉村はそういうと、開いていたノートを閉じ、組み合わせた手を額にあてた。

吉村は、眠ってしまったように同じ姿勢をしていたが、ふたたびノートを開いてじっと見ていた。そこに書いてあるのは桜田竹利の経歴だが、

「桜田は、スーパーに勤める前、松本の高峰《たかみね》興業に何年か務めていたようでしたね」

といった。吉村はなにをいいたいのか、道原は彼の顔を見ていた。

高峰興業は土建業で、ビルの基礎工事や砂防工事などを手広く請け負っている。同社で桜田がどんな仕事をしていたかを知りたくなった、と吉村はいった。桜田は詐欺の片棒をかついでいたことがバレてスーパーをクビになった。高峰興業でも不正に類するようなことでもしたのではと吉村は疑ったらしい。道原は、警察官らしい疑問だと思った。彼は肚《はら》のなかで、「一人前になったな」とつぶやいた。

吉村はシマコに電話で、桜田が高峰興業でどんな仕事をしていたかを問い合わせてくれと頼んだ。
十五、六分後、シマコが吉村に電話をよこした。吉村はシマコの報告をメモしていた。

桜田は、高峰興業に勤務中の約二年間、静岡県清水《しみず》港の岸壁改修工事に派遣されていた。事故はなかったかをシマコはきいたが、「そういう記録はない」といわれたという。

桜田が高峰興業に勤務していたのは四年前だ。彼のことを憶えている人が清水港にはいるだろうと思われた。道原と吉村は、新幹線に乗った。名古屋で「こだま」に乗り替えて静岡で降りた。

冷たい風の吹く清水港の岸壁に立った。道原は四、五年ぶりだ。

「三保《みほ》の松原へいったことはあるか」

道原が吉村にきいた。

「羽衣の松のあるところですね。いったことはありませんが、松原越しに富士山が大きく見えるときいたことがあります」

「そう。三大松原の一つに数えられているし、新日本三景にも選ばれている。逆に三保から清水港を眺めると、大工業地帯だ」

漁船らしい白い船が入ってきて、岸壁の右手に接岸した。右手のほうから鉄鋼ででてきているような黒い小型船が波を蹴《け》って出ていった。警備艇のようだ。

岸壁伝いに北のほうへ移動すると港湾事務所が目に入った。二階建ての建物は海のほうへ窓を開けていた。

何年か前まで、岸壁の改修工事を、高峰興業が請け負っていたらしいが、その工事に携わっていた人に会いたいといった。道原の話をきいた大柄の所員の男は、「改修工事はたしか三社が請け負っていた」といって、なにを知りたいのかをきいた。

工事を請け負っていた一社の高峰興業からは、桜田竹利という男がきていたと思う。その男についてききたいことがある、といった。

所員は肩幅の広い背中を向けて、綴《と》じたものを見ていた。

「高峰興業からは六人、多いときは八人がきていました。そのなかに桜田竹利という人がいます」

「その人たちは、どこで寝泊まりしていたのでしょうか」

「ここの近くのアパート一棟を借りきっていて、工事を請け負っていた三沢《みさわ》建工と長坂《ながさか》土木の人たちと一緒に住んでいました。アパートの横にプレハブの小屋を建てて、そこへ女の人を雇って煮炊きと食事の場所にしていました。改修工事は終りましたが、岸壁には補修工事をする箇所がありますので、三沢建工の社員が四、五人、交替できて作業をしています」

高峰興業ほか二社の社員が寝泊まりしていたアパートの場所をきいて、道原と吉村はそこを訪ねた。

黄色い壁の二階建てアパートの窓辺には洗濯物がひらひらしていたが、寝静まっているように物音はしなかった。アパートの壁にくっつくようにプレハブの小屋が建っていて、そこの窓からは湯気が洩《も》れていた。

声を掛けると五十代見当の小柄な女性が顔を出した。何年か前から勤めているのかときくと、五年あまり前から勤めていると答えた。

「高峰興業の社員がいたのを、覚えていますか」

道原がきいた。

「はい、覚えています。……寒くなったのでなかへ入ってください」

そういった彼女の足許には電気ストーブが置かれていた。

道原は、彼女に名刺を渡して名前をきいた。

「鈴木《すずき》です」

彼女は道原の名刺をエプロンのポケットにしまった。

なかへ入ると、床がかすかに鳴った。彼女がテーブルの上の電灯を点けた。木目の浮いたテーブルが二つ据わっていた。鈴木は、湯気が立ち昇っている湯呑みを二つ、テーブルに置いた。道原と吉村は丸椅子に腰掛けた。

「高峰興業の社員のなかに、桜田竹利という男がいましたが、憶えていますか」

「よく憶えています。高峰興業からは六人、多いときは八人がきていましたが、桜田さんはその人たちのリーダー的存在でした。いつも夕飯のとき、缶ビールを持ってきて、おいしそうに飲んでいました。わたしのつくる煮物をよくほめてくれました。ここにいるときはたしか四十前でしたね。気遣いのある人で、重いものを持つときとか、ゴミを捨てるのを手伝ってくれたこともありました。……毎晩ではなかったと思いますけど、何人かと一緒によく飲みに出掛けていたようでした。ほかの会社の人たちとも仲よくしていたようでしたよ」

「どこへ飲みにいっていたか、知っていますか」

「繁華街の晴海《はるみ》通りとか、巴《ともえ》銀座とかって、みんながご飯を食べながら話していたのをきいていただけです。飲みにいかない日は、将棋を指していました。将棋が強いのかどうなのかも知りません」

「桜田は、長野県出身でしたが……」

「知っていました。長野の善光寺《ぜんこうじ》さんのお守りを買ってきてくれたこともありますし、知り合いに頼んで、大きい箱のリンゴを送らせていました。……なぜなのか、桜田さんは独身でしたね」

「そうでした。人に好かれる面と、人を殺すことを考えるような悪魔的な両面を持った男です。……鈴木さんは、最近の桜田のことをご存じですか」

道原は、湯呑みをつかんできいた。

「刑務所から逃げて、行方が分からなくなっているんでしょ。新聞で見ました。詐欺をはたらいて刑務所に入れられていたそうですけど、そんなことをする人にはみえませんでした。お金に困ってでもいたんでしょうか」

彼女は人差し指を顎《あご》にあてた。

「詐欺だけではない。刑務官のスキを衝いて脱走してから、他人を使って男と女を殺させているんです」

「怖い。ここでビールを飲みながらご飯を食べたり、将棋を指していた顔を憶えていますけど、そんなことをする人には……。どうして他人を使って人を殺させたり……」

彼女は胸を抱いた。

道原は、震えをこらえているような彼女を見ていたが、ふと思いついて、

「あなたは、『こうたろう』という名に、心あたりはありませんか」

ときいた。

「『こうたろう』さんという方。なにをしている方ですか」

「それが分かりません。ただ『こうたろう』ということしか。……桜田は『こうたろう』という人をさがして、京都、倉敷、広島へいっているんです」

「だれのことでしょう。この清水に縁のある人なのでしょうか」

「現在ここへきている三沢建工の社員のなかに、桜田を知っている人はいるでしょうか」

「藪中《やぶなか》さんは何年も前からきていますので、桜田さんを知っているはずです」

「藪中さんは、いまもきているんですね」

「はい。五時に仕事を終えて、五時半には帰ってきます」

午後五時になろうとしていた。道原と吉村は三沢建工の社員が作業を終えてもどってくるのを待つことにした。風が強くなったらしく、台所の小窓が笛を吹いた。風の音は秋の深まりを教えていた。

鈴木がお茶を入れ替えてくれたところへ、三沢建工の社員五人がもどってきた。上着の襟を立てている人が、「真冬みたいな日になった」といった。刑事が二人待っていたので五人は眉間《みけん》を険しくした。

五十間近に見える藪中は、「班長」と呼ばれていた。五人は手を洗うとテーブルに向かった。鈴木はそれぞれの前へ、「ご苦労さまでした」といって、湯気の立ちのぼっている湯呑みを置いた。

口のまわりに不精髭を伸ばしている藪中に道原が、ここを訪ねた理由を話した。藪中以外の四人は桜田を知らないようだった。

「桜田さんね。憶えていますよ。たびたび一緒に飲みにいった仲でした」

藪中はそういってから暗い顔をした。桜田が刑務所に入っていたのを知らなかったという。

「新聞記事によると、もう少しで刑期を終えるところだったそうですね。なにか我慢できないことでもあったんでしょうね。……男気のある、いい人だと私はみていましたが」

「一緒に飲みにいった店を、憶えていますか」

「憶えています。いまもたまに飲みにいきますので」

道原は、藪中が桜田とたびたび飲みにいった店をきいた。

「晴海通りのスナックの『ゆきの』と、巴銀座のそこもスナックの『ピッコロ』という店で、両方とも女のコが三、四人います」

「桜田は酒が強いほうですか」

道原は指を丸くしてきいた。

「強いほうでしょうね。ご飯のとき、ここでビールを一本飲んで、店ではウィスキーの水割りでしたが、酔い潰《つぶ》れたりしたことはありません。水割りを二、三杯飲むと、歌をうたいました。演歌です。テレビに出ている歌手よりうまい。ですから彼のあとは、うたいづらいくらいでした。歌を習ったわけじゃないでしょうが。……天性なんでしょうね。哀愁があるんです」

「どんな演歌を……」

「波止場が出てくる海の歌です」

「たびたびスナックへ飲みにいっていたとしたら、好きな女性が一人や二人はいたんじゃないでしょうか」

調理をしている鈴木は、五人にご飯を出してよいか、と道原にきいた。

「どうぞ。食事中申し訳ありませんが、思い出したことを話してください」

味噌汁のいい匂いがした。鈴木は、「刑事さんも、お味噌汁だけどうぞ」といって、じゃが芋に細かく刻んだねぎを入れた味噌汁を出してくれた。

「巴銀座のピッコロに、文香《ふみか》という三十歳か、もう少し上の器量のいいコがいて、そのコは桜田さんに好意を抱いていました」

「好意を抱いていたことが分かりましたか」

「それは分かります。桜田さんの横にすわるときとか、彼の前へ水割りを置く手つきとか、彼がうなっているときの顔つきなんかで……。当時ここで仕事をしていた人たちのほとんどが、文香は桜田さんが好きなんだといっていました」

「桜田のほうは、どうでしたか」

「彼女の気持ちは分かっていたでしょうが、深い間柄にはならなかったようです」

道原と吉村は、藪中のいったことをメモした。

当時の桜田は、西池那津美と親密な交際をしていた。彼は出張先で、好意を持った女性と深い間柄になるような男ではなかったようだ。

第八章　眉

1

道原と吉村は、藪中らの作業員と賄《まかな》いの鈴木に礼をいって、プレハブ小屋を後にした。強い北風に電線が鳴っていた。アパートの屋根の上で黒い板のようなものが舞い上がった。トタン板らしい。歩いている人たちは上着の襟を立てている。

二人は、新清水駅近くのせまい食堂に入った。ビールでも飲みたかったが、これからひと仕事あるので自重した。

重たそうな鞄《かばん》を持った三十代半ば見当の女性が五、六歳の男の子の手を引いて店へ入ってきた。母子らしい。道原たちは、カツ丼を注文した。男の子と一緒に入ってきた女性は、壁のメニューをじっと見てから、若い女性店員になにかを頼んだ。風に掻《か》きまわされたらしい髪は乱れている。

その女性が頼んだのは親子丼が一つだったことが分かった。男の子は腹をすかしていたらしく、すぐに箸《はし》を持った。調理場の人は、カツ丼より先に母子の注文に応えたらしい。店員は小皿をテーブルの中央に置いた。母親らしい女性は、丼のなかのご飯を箸で少し小皿に移した。彼女も空腹をこらえていたようだ。

吉村はポケットからハンカチを取り出すと、目を隠した。母子らしい二人はこれからどこへいくのか。行き先は近いのか。

道原はギョウザを頼んだ。「一人前」といってから、「三人前」といい直した。出てきたギョウザの一皿を、「よろしかったら」といって母子のテーブルへ置いた。母親と思われる女性は驚いたように道原の顔を見て、「すみません」と息を吐くようにいった。

「警察官は、ほんとうは、こういうことをしてはいけないのだ」

道原は箸を持って低声でいった。

「分かっています」

吉村はハンカチをにぎってうなずいた。

二人は巴銀座を北から南へと歩いた。二人の前を五人のグループが歩いていた。一人はすでに酔っているらしくふらついている。べつの一人は大きい声で歌をうたっていた。陽焼け顔の二人の男が肩を組んで歩いている。カップルが道原たちを追い越していった。

自転車の荷台に籠《かご》を付けている男に、ピッコロという店はどこかときいた。男は斜め先を指差して、灰色のビルの二階だと教えた。

ピッコロは、銀色の地に店名を黒い文字で浮かせていた。宵の口で、客はまだ酔っていないようだ。入口からは客席は見えないつくりの店だ。

色白で丸顔の女性が、「いらっしゃいませ」といって出てきた。ドアが開いたらすぐに迎えの挨拶《あいさつ》をするようにと躾《しつけ》られているらしい。

「文香さんという人がいますか」

道原がきいた。

「文香さんは、間もなく出てきます」

この店には早番と遅番があるのか。

カウンター席へとまろうとすると、

「すいていますので、ボックスへどうぞ」

といわれた。

ママが出勤した。肥えて胴まわりの太い五十代だ。大小の赤い花をあしらったワンピースを着ていた。ママは、「いらっしゃいませ」といってから、道原と吉村の品定めをするような目をした。

道原は、三沢建工の藪中にこの店を教えられたのだといった。

「藪中さんはしばらくお見えになりませんが、お元気ですか」

ママは道原たちを岸壁工事の関係者と見たようだ。

「さっき会いましたが、元気そうです」

文香が出勤した。わりに背が高く、目が大きい。口も大きめで、派手な顔立ちだ。

水色の地に黒い線で胸と裾の近くに羊を描いたワンピースだ。

彼女は道原たちの正面にすわると、馴《な》れた手つきで水割りをつくりながら、二人を三沢建工の社員かときいた。

道原は首を横に振っただけだった。

「よくテレビで見かける女優に似ている」

吉村は、水割りを一口飲むと、文香の顔を見ていった。

「よくいわれます」

文香は目を細めた。道原は彼女を、三十をいくつか出ているだろうと見当をつけた。

「思い出した。ドラマの『赤い山稜』の主役の間所令子《まどころれいこ》に似ている」

吉村がいった。

「よくいわれます」

文香は同じことを表情を変えずにいった。美人女優似だといわれて悪い気はしないだろう。

「ここへは、桜田さんもよくきていたようですね」

道原がいうと、文香は彼をちらっと見てから視線を逃した。

なぜなのか。返事をせずに表情を動かした理由を道原は考えた。同じことをきかずに彼女を観察することにした。彼女は道原たちを、岸壁工事の関係者かときいた。道原は、「そうだ」とだけいった。

道原が桜田のことをきいたのに、文香が答えなかったのを吉村は見たらしく、話題を変えた。岸壁工事にきていた人たちは、この店へよく飲みにきたようだが、みんな酒が強かったのかと、吉村は文香にきいた。

「お酒も強かったけど、みんな歌が好きでした。代わるがわるうたっていましたけど、九時になると、さっと引き揚げていきました。次の日の仕事にさしさわりのないように、時間を守っていたようです」

　話しているうちに文香はにこやかになった。

　道原は、トイレに立つふりをして、カウンターのなかにいたママに、そっと身分証を見せ、ききたいことがあるのでといって、電話番号を尋ねた。ママは素早く番号をメモし、「水野《みずの》」と、名字を書いた。

　道原と吉村は、水割りを二杯ずつ飲んで腰を上げた。

「道原さんが、桜田さんのことをきこうとしたら、文香は顔色を変えましたね」

　歩きながら吉村がいった。

「藪中さんは、文香は桜田に惚《ほ》れていたといっていた……」

　道原は足をとめて空を仰いだ。夕方まで暴れるように吹いていた風はやんでいた。

　繁華街を抜け出て空を見ると、星がいくつも光っていた。

「あしたも天気はよさそうだな」

　道原は空を見上げたままいった。

　吉村も空を仰いだが、珍しいものが見えたわけでもないからか、道原の横顔に視線を移した。

「食堂で会った母子。寒そうだったが、どこへいったのかなあ」

「重たそうな荷物を持っていましたね」

「そうだったな」

住んでいたところを飛び出してきたようにもみえた。べつの土地からきて、清水に住んでいる知り合いの人を訪ねたが、その人は不在だったのではと、道原は勝手な想像をした。丼の飯を、一口食べては、母親らしい人の顔をうかがうように見ていた男の子の表情が思い出された。

翌日、水野というスナックのママに電話することにしたが、夜の商売の人だからと、午前十一時になるのを待った。もしかしたらまだベッドのなかではと思いながら、ボタンを押した。

嗄《しゃが》れた声を予想していたが、「はい」と答えた声は若わかしかった。

「文香さんについて、うかがいたいことがありますが、お会いできますか」

「はい。十二時半でいいでしょうか」

ママは歯切れのいい声で応えた。

彼女が指定したのは、清水港のレストラン。道原たちが泊まったホテルからは歩いて五、六分のところだった。

折戸《おりど》湾越しに三保の工業地帯が見える窓ぎわの席で、ママの到着を待った。

彼女は、白いセーターに紺のジャケットを着てあらわれた。肥えているせいか腰が重たそうだ。彼女は水野八重《やえ》という名だった。

道原は文香のフルネームをきいた。

「真田《さなだ》文香です。いま三十三歳です」

道原たちは、彼女のいったことをメモした。

「私たちは、桜田竹利について捜査しているんですが、桜田がどうしたのかを、ご存じでしょうね」

「たしか富山でしたね。刑務所に入れられていたけど、刑務所の人のスキを狙《ねら》って逃げ出したと、新聞に出ていました。その記事を読んだときはびっくりして、文香に電話したんです。文香は新聞を取っていなかったので、その記事を読みたいといって、私の家へ飛んできました」

「刑務所からの脱走ではなく、社会見学中に刑務官のスキを衝いて逃げたんです」

「そうでしたね。もう少しで刑務所から出られることになっていたって、新聞には書いてありました」

「そうだったんです。脱走してからの彼は、大変なことをしたんですが、それはご存じですか」

「大変なこと……。なにをしたんですか」

「他人に、殺人を依頼して、行方不明になっているんです」

「殺人を依頼……。どういう人を殺そうとしたんですか」

「詐欺罪で捕まる前に交際していた女性と、その女性と親しくしていた男を……」

「他人に殺させたんですか」

「そうです。直接の知り合いでなく、知り合いに頼んで、金を欲しがっていたらしい男に、二人の殺人を依頼したんです」

「まあ、なんていう悪いことを。……店へきて飲んでいるときは、そんなことをするような人には見えませんでした。二、三杯飲むと歌をうたいました。うたうのは演歌でした。うまいというか味わいがあるんです。桜田さんがうたいはじめると、ほかのお客さんも話をやめて、歌をきいていました。……桜田さんのお父さんは、お酒を飲むと浪曲をうなっていたときいたことがあります。四十前なのに、ずっと歳上のような落着きのある人でした。……独身だってきいたので、文香は信じられないっていって、どこかに頼んで、桜田さんのことを調べてもらったそうです」

「調べてもらった……」

「文香は桜田さんを好きになっていたんです。ですので、ほんとうに独身なのかを知りたかったんです」

「桜田の当時の住所は、松本市内でしたが、どんなことが分かったんでしょうか」

「お付合いしている女性がいたようです。それはどういう女性なのかわたしには話してくれませんでした。……桜田さんは、お付合いしていた女性を清水へ呼んだこともあって、三保の松原や、久能山《くのうさん》や、日本平《にほんだいら》を案内したそうです」

「文香さんはそれを知って、桜田を諦《あきら》めたんですね」

「そうだと思います。あるときから桜田さんのことを口にしなくなりました。わたしが、桜田さんしばらくこないねなんていうと、文香は、『そうね』って素っ気ない返事をしていました」

文香は、探偵社のようなところへ、松本での桜田竹利の生活《くらし》ぶりを調べさせたようだ。彼が交際していた女性は、岡谷に住んでいた西池那津美だったにちがいない。

2

レストランのガラス窓をとおして、船の汽笛がきこえた。三保の工業地帯から貨物船が出ていくのが見えた。

「私たちは、ある人物をさがしている。服役中だが、間もなく刑期が終わる桜田竹利に、彼を刺激するような文面のはがきを送った者がいるんです」

その人物をさがしているのだ、と道原は、水野八重の幅の広い白い顔を見ていった。

「桜田さんを刺激するようなはがき……」

「住所は書いていないが、差出人名は『こうたろう』としてありました。そのはがきを受け取らなかったら、桜田は、刑期を終えて、出所できただろうと思います」

「『こうたろう』……」

彼女はそういって首をかしげ、瞳をくるりと回転させた。

「わたしの店の通りは、いまは巴銀座と呼ばれていますけど、ずっと前は、『こうたろう商店街』という通りでした。昭和二十五、六年ごろ、あの通りには、魚屋と、揚げ物屋と、自転車屋と、質屋があったそうです。手広く事業をやっていた松浦浩太郎《まつうらこうたろう》という人が、衣料品店と食料品の店を開いてから、つぎつぎにいろんな商店ができて、そのうちビルがいくつも建つようになって、飲み屋街に変わったんです」

道原と吉村は、ノートにペンを走らせた。

「以前は、『こうたろう商店街』だった」

道原はつぶやき、吉村と顔を見合わせた。

「ピッコロには、女性が三人勤めていますよね」

道原が八重にきいた。

「はい」

彼女は、それがどうしたという顔をした。

「三人は、巴銀座が以前は『こうたろう商店街』という名だったのを、知っているでしょうか」

「さあ、どうでしょうか。だれかにきいて、知っているかも」

そういった彼女は、はっといって口を半開きにし、厚い胸に手をあてた。みるみるうちに顔色が蒼《あお》くなった。

八重に、真田文香の住所と電話番号をきいた。彼女はバッグからスマホを取り出して操作した。文香の住所と電話番号を教えるのかと思ったら、電話を耳にあてた。相手は文香にちがいない。

「いま、刑事さんから、あんたの住所と電話番号をきかれたの。刑事さんは、あんたに会いにいくと思う。知ってることがあったら、正直に答えなさい」

八重は母親のようないいかたをした。

電話を道原が替わった。ききたいことがあるので会いたい、というと、

「分かりました。そちらへうかがいます。一時間後になりますけど、よろしいでしょうか」

文香はわりにはっきりした言葉遣いをした。刑事になにをきかれるのかが分かっているようだった。

八重は、「わたしがいないほうが……」といってバッグを胸に押しつけた。

「文香は、からだが弱くて、働くことができない母親の面倒をみているコです。どうかお手やわらかにお願いします」

といって立ち上がると頭を下げた。

父親はいないのかとききかけたが、道原はうなずくように首を動かしただけにした。

港が見えるレストランへあらわれた文香は、眉を細く、長く、そして濃く描いていた。一瞬、別人かと思うほどだった。

道原と吉村は彼女を正面にすわらせた。

「早速だが……」

道原が彼女をひとにらみして切り出した。

「あんたが勤めている店は、巴銀座と呼ばれているが、以前は、『こうたろう商店街』だった。あんたはそれを知っていたね」

彼女は視線を下げた。

「……知っていたね」

道原は、少し首をかしげてきき直した。

「はい」

文香は小さい声で答えた。

道原は、二、三分黙っていたが、

「『こうたろう』の名で、富山刑務所に服役中の桜田竹利にはがきを送ったのは、あんただったね」

道原は、低い声だが語尾に力を込めた。

文香の濃く描いた眉が生きもののようにぴくりと動いた。

道原は、同じことをもう一度きいた。

「意地悪をしたくなったんです」

彼女は視線を下げて答えた。

「桜田は、あと三か月もすれば刑務所を出られることになっていたが、あんたはそれを知っていたか」

「知りません」

「あんたは刑務所へ送ったはがきに、［アサとナッちゃんは、とても元気］と書いたが、それは、だれのことだ」

文香は、顔を上げるとまばたきした。声を出さずに口を動かした。頭のなかに人の名を書いているのではないか。

道原は、彼女が答えるのを待った。

「松本市の麻倉光信さんと、岡谷市の西池那津美さんです」

「麻倉さんと西池さんとは、知り合いだったのか」

「知らない人です。ただ、桜田さんと西池さんは親しい間柄だったのを知っていました」

「その西池さんが、麻倉さんと親しくしているのを知ったのか」

「はい」

「どうやって、知ったんだ」

「知り合いの人に頼んで、調べてもらいました」

「その人とあんたは、どういう知り合いなんだ」

「店へ飲みにくるお客さんです。その人は以前、人の暮らし向きなんかを調べる事務所に勤めていたといったことがあったので、相談してみたんです」

「その人は、あんたの相談をきいて、松本へいったんだね」

「現在勤めている会社の仕事で、たびたび松本へいくことをきいていたので、相談してみたんです」

「あんたから相談を受けたその人は、西池さんは現在、麻倉光信という人とお付合いしているのを、確認してきたんだね」

「西池さんは、麻倉さんとたびたび会っていることを、確認したといいました」

「あんたはその人に、調査料を支払ったんだろうね」

「はい。少し」

「あんたは、桜田に恨みでも抱いていたのか」

文香は、桜田に対して好意を持っていた、と答えた。だが彼は、振り向いてくれなかった。それで恨む気持ちを抱くようになった。

桜田は高峰興業を辞めて、べつの会社に勤めていたが、なにかの犯罪にかかわって逮捕されたことを、清水港の岸壁工事にきている人からきいた。今年になってから、桜田はまだ刑務所に入っているという話をきいた。その話をきくと、桜田と親密な間柄だった西池那津美はどうしているのかと想像するようになった。そこで仕事の関係でちょくちょく松本へいっている人に、西池那津美の日常をさぐってみてくれないかと頼んだ。

那津美が、麻倉という妻帯している男と親密であるのを知ると、いたずら心の炎が高くなった——

「あんたのいたずら心と、桜田を憎む気持ちが一緒になって、『アサとナッちゃんは』と書いたはがきを、富山刑務所へ送った。そのはがきを、どこで投函した」

「高校の同級生だった三人と一緒に京都旅行にいった日、泊まった三十三間堂の近くのホテルを出たところで、ポストを見かけて、そこへ……」

「桜田は、社会見学中の富山市内で、刑務官のスキを衝いて脱走した。それを、知っているね」

「はい」

「あんたが送ったはがきの文面に刺激を受けて、脱走したのはまちがいない。脱走しただけではない。桜田は松本まで歩いてきて、他人に指示して、麻倉光信さんと西池那津美さんを殺させた。それは知っているか」

「二人が殺されたのを新聞記事で知りましたけど、二人を殺したのは桜田さんではありませんでした。それで、二人を恨んでいた人が、わたし以外にもいたんだと思いました」

「あんたは、面白半分に、桜田をからかうつもりで、はがきを送ったんじゃない。西池さんがほかの男と親しくしていると受け取れる文章を書いた。それを読んだ桜田は、頭が狂うほど悩むだろうと予想した。これは唆《そそのか》しの罪だ。……松本署であらためて話をきくことにする」

道原は、文香を椅子から立たせた。

彼女は、胴震いしてからバッグをつかんで立ち上がった。顔は蒼白《そうはく》になり、唇は震えていた。

文香は立ったまま電話を掛けた。相手はママの八重のようだった。彼女は二人の刑事に背を向け、涙声で話していた。

3

道原と吉村は、真田文香を連れて松本署へ着いた。と、署には重大な情報が待っていた。

富山県警と長野県警が全国に指名手配した桜田竹利によく似た男が、和歌山県田辺《たなべ》市の村石《むらいし》という梅農家で、農園内の草むしりをしているという情報が田辺署から届いたのだった。

桜田の身長は一七〇センチで体重は六二、三キロ。やや細面で眉尻が上がっていて、目は大きいほう。現在は疲労が顔に出て、実年齢の四十三歳よりいくつか歳が上に見える。右手の手首から甲にかけて十二、三センチの白い筋のような疵跡《きずあと》がある。岸壁工事をしているあいだに負った怪我の跡と人には話しているが、刃物で切られた疵のようにもみえる。耳が大きく、俗に福耳といわれている。元は色白だったようだが、現在は陽焼けして、目尻と唇の横に苦渋の跡のような細い皺《しわ》が刻まれている。

田辺署は、農園の主人の村石に、最近雇い入れた男の名をきいた。

「岸見順一郎《きしみじゅんいちろう》といっていますが、運転免許証のような身分を証明するものを見たわけではありません。ただ力仕事には慣れているといったので、臨時に雇いました」

農園の主人は、「なにか悪いことでもしてきた人か」と警官にきいた。

「岸見と名乗っている男の右手を見ましたか」と警官は主人にきいた。

「右手になにかあるんですか」

「傷跡が白い線のように残っているらしい」

主人は気が付かなかったといった。

「岸見は、どこに寝泊まりしているんですか」

「母屋と農園のあいだに建てた宿舎に、二人の外国人と一緒に住んでいます。食事は母屋で摂ってもらっています」

田辺署からの情報を受け取った富山署と松本署は、岸見順一郎と名乗ったのが桜田竹利であるかを確かめるため、一緒に田辺市へ向かった。

曇り空のせいか梅農園のなかは薄暗かった。そこに三人が立ったりうずくまったりしていた。道原と吉村と富山署員は、田辺署員に誘導されて農園のなかをしばらくのぞいた。

作業中の三人を取りかこむようにして、農園のなかへ入った。

小型の鎌を手に作業している三人の男のうちの一人が四十代半ばに見え、その男がいちばん背が高かった。

何人もの男たちが包囲するように近寄ったのを、三人は気付いたらしく、立ち上がった。三人のうち二人は若い外国人だと分かった。

「あなたにききたいことがある」

富山署員が、四十代に見える男にいった。一人の署員が男の背中を押した。

道原と吉村は一歩前へ踏み出した。広島市内で何度か見た顔だったが、場所のせいか一挙に歳を重ねたように老けて見えた。

「桜田竹利だね」

道原がきいた。

意外にも男は、道原の顔を力を込めた目で見てから、顎を引いた。警官が包囲の輪を絞った。

顔と手を洗って、田辺署へ連行した。

あらためて、氏名、年齢、本籍をきいた。

「あんたは広島市内の快寿苑へ面接にいったね」

道原がきいた。

「はい」

「そこへ出した履歴書には、本籍を大分県日田市として、杖立温泉の旅館に勤めていたと書いた。杖立温泉の旅館に勤めたことがあったのか」

「ありません」

「なぜ、杖立温泉に勤めていたと書いたんだ」

「一度、いったことがあったので、それを思い出して……」

「快寿苑へ面接にいっているが、勤めようとしたのか」

「いったんは、そう思いましたけど……」

彼は語尾を消した。

「そう思ったが、気が変わったのか」

「あそこは、シトラスホテルの系列です」

「そうだ」

「あそこに私が勤めていたら、ホテルの社長の神野さんは、私になにかを指示してくるにちがいない。どんな難題でも、私は断わることができない。それで一晩考えた末、勤めないことにしたんです」

「和歌山県の梅農家で働いていれば、いままでやってきたいくつもの犯行は、バレないとでも踏んでいたんだな」

「これまでに、かかわった土地でなかったので……」

桜田は、視線の先をテーブルの端に置いて、かすれ声で答えた。

桜田を松本署に移した。

報道関係者がどっと押し寄せ、桜田はどこに潜伏していたのかや、これまでの犯行をどこまで自供したかなどを矢継ぎ早にきいた。

桜田竹利が、富山市で刑務官のスキを衝いて脱走したのは、八月十三日の午前十一時十分ごろ。

「富山から歩いてきたらしいが、松本へは何日に着いたんだ」

道原がきいた。

「たぶん、八月二十三日だったと思います」

桜田は指を折った。

「あんたの希望というか指示によって、麻倉光信さんと西池那津美さんは殺された。殺害を実行したのは熊城勝也という四十二歳の男。その熊城を知っていたか」

「知りません。会ったことはなかったと思います。ほんとうは、自分で殺《や》りたかった」

桜田は顔色をまったく変えず、遠くを見るような目をした。

「あんたが富山市で脱走したことは、全国に知れ渡った。それなのにあんたは、かつて山仲間だった石山、尾花、神野の三人を訪ねることにした。その目的はなんだった」

道原はノートにペンを構えてきいた。

「私が富山から逃げたことは、三人にも知られているはずでした。それで、急に訪ねれば、腰を抜かすほど驚く。そして、なにをするのかと怖れる。少し用立てて欲しいといえば、金を出してくれると踏んだからです」

「脅しじゃないか。三人とも震えあがって、いくばくかを恵んでくれたのか」

「大した額じゃなかったけど、出してくれました」

「出してくれなかったら、どうするつもりだったんだ」

「引きさがるだけでした」

「広島の神野さんにも、同じことをしたんだな」

「ええ、同じことをしましたけど、あの人はタヌキでした」

「たかりにいった人のことを、タヌキだなんて。神野さんはあんたを見て、なんと……」

「会ったとたんに、困っているようだなっていわれました」

「そういわれて、あんたは、なんていったんだ」

「なんでもするので、助けてくださいっていいました。とても太刀打ちできるような相手じゃないって感じました」

神野は、桜田をにらみつけるように見てから、「メシを食いながら、話し合おう」

といったという。

神野は桜田にホテルを指定して、身ぎれいにしてくるようにといって十万円くれた。桜田はその金でスーツとワイシャツを買って、ホテルで風呂に浸った。

「あんたは、神野さんから難題を持ちかけられただろ」

道原がいうと、桜田は伏し目がちになった。顔の皺がまた一本増えたようにも見えた。

「なにをいわれたのか、はっきり答えてくれ」

桜田は椅子の上で腰を動かした。

「神野さんは、久保川美鈴という女性をレストランへ呼んで、私に紹介しました。それから、彼女が北海道旅行をしたいといっている。いったことがないので、右も左も分からないらしい。だから彼女の観光旅行に付合って、名所を案内してやってくれないかといわれました」

「引き受けたんだな」

「私は無職でしたので……」

「久保川さんを観光旅行に案内するだけじゃなかっただろ」

「はい。困ったことを押しつけられました」

「どんなこと。はっきりいってくれ」

「人目のないところで……」

桜田は顔に手をあてた。顔を隠したくなったようだ。

「久保川美鈴さんを、始末してくれっていわれたんだな」

桜田は顔に手をあてたままうなずいた。

「北海道の海や山や湖をめぐるうち、人目のない場所はいくらでもあったと思うが」

「ありました」

「そういう場所に立った久保川さんの、背中を押す気にはならなかったのか」

「何度も、彼女の背中をじっと見ていました。ですが、その背中に腕を延ばすことができませんでした」

「なぜだ。脱走して、何日もかけて松本へたどり着くと、知人を呼んで、一組の男と女を殺させた人間じゃないか。仏ごころがちらついたとでもいうのか」

「私には、久保川さんを消す理由がありませんでした。それに……」

「それに……」

「彼女が可哀相になりました。彼女は社長の隠しごとを知ってしまった人でしたけど、自分の意思で社長の秘密をにぎったわけではなかった。社長に好かれて、引き寄せられたことから、社長の裏側の情報を知ってしまった不運な女《ひと》だったんです」

「久保川さんは、神野さんが北海道旅行に案内役を付けるといったときから、もしかしたら北海道の人目のないところで、殺されるのではないかと感じていたらしい」

「私も、そうではないかと……」

桜田は顔から手をはなすと、テーブルの上で両手を組み合わせた。指の一本が小刻みに震えていた。

「あんたは、京都の石山さんにも、倉敷の尾花さんにも、広島の神野さんにも、『こうたろう』という名に心あたりがあるかときいたね」

「ききました」

「三人からは、そういう名前の人は知らないといわれた」

「そうでした」

「富山刑務所へ、『こうたろう』の差出人名ではがきを送ったのが、だれだか分かったか」

「分かりません」

桜田は伏せていた顔を上げた。

「あんたは何年か前、高峰興業から静岡県の清水港へ岸壁工事に出張していた。その間にたびたび、巴銀座のピッコロというスナックへ飲みにいっていたね」

「はい」

桜田は上目遣いになった。次に刑事がなにをいうかをうかがっているようだった。

「巴銀座は以前は、そこにゆかりのある人の名をとって、『こうたろう商店街』と呼ばれていたんだ」

「『こうたろう商店街』……」

桜田はつぶやくと目を丸くした。瞳をくるりと回転させると、

「ピッコロ……。文香」

とつぶやいた。

「そう。刑務所へはがきを送ったのは、真田文香さんだった」

桜田は一点に目を据えた。凍ったように動かなくなった。

広島中央署から連絡があって、広島市のシトラスホテルは、闇《やみ》カジノとして摘発され、社長の神野邦彦は、賭博《とばく》場開帳等図利罪で逮捕され、客の何人かは単純賭博罪の疑いで事情聴取を受けている、という報告があった。

桜田竹利に対する取り調べが終った翌々日、道原と吉村とシマコは、松本市の目抜き通りの大名町通りを歩いた。高級洋品店「アサクラ」の店内をのぞいてみた。髪を茶色に染めた麻倉光信の妻の綾音が、二人の女性店員と笑い話をしていた。

道原は松本城を向いて空を仰いだ。枯葉と一緒に白いものが条《すじ》を引いて落ちてきた。三人は、漬物の白板屋へ向かった。もう後を尾けてくる者はいないだろうが、何度も足をとめて振り返った。

久保川美鈴は、白地に紺の柄のはっぴを着て、社長と立ち話をしていた。道原たちが店へ入ってゆくと社長はにこりとして、

「いま、久保川の提案をきいていたところです」

といった。

「提案といいますと……」

道原がきいた。

「この辺のどこの家の庭にも柿の木があります。一年おきに実が沢山生《な》るけど、それを食べる人が少なくなって、実のほとんどは野鳥の餌《えさ》になっています。久保川はそれを見ていて、柿の実の奈良漬けを思い付いたといいました。大粒の富有《ふゆう》柿を丸のまま粕《かす》に漬ける。それは旨そうなので、来年はやってみようと、話していたところです」

道原は美鈴のほうを向いてうなずき、吉村とシマコの顔に小さい声で、

「長つづきしそうだな」

と目を細めた。

徳間文庫

人情刑事・道原伝吉

信州《しんしゅう》・塩《しお》尻《じり》峠《とうげ》殺《さつ》人《じん》事《じ》件《けん》

2023年2月15日 初刷

著者 梓《あずさ》林《りん》太《た》郎《ろう》

発行者 小宮英行

発行所 株式会社徳間書店

東京都品川区上大崎三−一−一 〒141−8202
目黒セントラルスクエア

電話 編集〇三(五四〇三)四三四九
販売〇四九(二九三)五五二一

振替 〇〇一四〇−〇−四四三九二

印刷
製本 大日本印刷株式会社

ISBN978-4-19-894832-0 (乱丁、落丁本はお取りかえいたします)

この作品は2021年10月徳間書店より刊行されました。
なお、本作品はフィクションであり実在の個人・団体などとは一切関係がありません。

梓林太郎著作リスト（2022.11.30現在。＊は短編集）

山前譲　編

1　走行超過　＊
蝸牛社　1980.12.25

2　北アルプス冬山殺人事件
読売新聞社　1984.12.6
光文社文庫（改題「風葬連峰」）　1987.4.20
青樹社（改題「風葬連峰」）　1994.2.25
廣済堂文庫（改題「風葬連峰」）　1999.9.1

3　南アルプス光ファイバー殺人事件
読売新聞社　1985.3.8
角川文庫（改題「南アルプス殺人事件」）　1987.7.10
青樹社（改題「南アルプス殺人事件」）　1993.7.30
廣済堂文庫（改題「南アルプス殺人事件」）　1998.9.1

4　遭難遺体の告発　＊
読売新聞社　1985.6.8
角川文庫（改題「死紋山脈」）　1987.9.10

5　奇妙な依頼人　＊
青樹社　1985.10.30
光文社文庫　1988.4.20
桃園文庫　1997.11.15

6　中央アルプス空木岳殺人事件
読売新聞社　1986.4.3
徳間文庫　1990.8.15

7　白い地獄
サンケイ出版　1986.6.10
角川文庫　1988.8.25
青樹社（改題「飢餓連峰」）　1992.8.30
青樹社文庫（改題「飢餓連峰」）　1994.7.10

勁文社（改題「飢餓連峰」） 2000.4.10

8　**陰画の構図　＊**

廣済堂出版　1986.7.15

廣済堂文庫（改題「復讐の狂炎」） 1988.7.10

9　**ヒッピー探偵　＊**

桃園文庫　1986.9.15

光風社文庫（改題「佐渡・上高地殺人ライン」） 1995.10.10

10　**上高地殺人事件**

角川書店　1986.10.25

角川文庫　1989.5.10

青樹社　1993.3.30

青樹社文庫　1995.6.10

日文文庫　2000.11.25

有楽出版社　2012.6.20

11　**冷血の弾道　＊**

有楽出版社　1986.11.25

ケイブンシャ文庫　1989.7.15

光風社文庫（改題「殺意の氷壁」） 1996.6.10

12　**偽装バンカー**

サンケイ出版　1986.12.10

光文社文庫　1989.10.20

桃園文庫　1997.6.15

13　**霧の常念岳殺人事件**

角川書店　1987.1.25

徳間文庫　1991.1.15

桃園文庫　2000.3.15

有楽出版社　2004.6.25

14　**八方尾根遭難事件**

角川書店　1987.3.25

光文社文庫（改題「殺意の雪宴」） 1992.3.20
ケイブンシャ文庫（改題「殺意の雪宴」） 1999.7.15

15 黒部峡谷殺人事件

光文社 1987.5.30
光文社文庫 1990.7.20
青樹社 1994.4.30
ケイブンシャ文庫 1998.7.15
廣済堂文庫（改題「黒部渓谷殺人事件」） 2004.8.10

16 八ヶ岳山麓殺人事件

角川書店 1987.9.25
廣済堂文庫 1991.7.10
青樹社 1995.8.30
桃園文庫 1999.8.15

17 仙丈岳殺人事件

桃園書房 1987.11.15
徳間文庫 1991.4.15
桃園文庫 2000.9.15
有楽出版社 2004.12.25

18 アルプス冬物語 ＊

角川文庫 1988.1.25
青樹社 1992.1.30
青樹社文庫 1999.1.20
有楽出版社 2008.6.16

19 殺人山脈

光文社 1988.1.25
光文社文庫 1991.1.20
ケイブンシャ文庫 1999.2.15
廣済堂文庫 2003.4.1
有楽出版社 2008.10.25

20 岳人隊

角川文庫　1988.4.25
青樹社　1992.4.30
桃園文庫　1998.9.15

21　尾瀬殺人湿原

光文社　1988.5.25
光文社文庫　1991.5.20
日文文庫　2000.5.25
コスミック・ミステリー文庫　2004.2.20

22　縞枯山殺人事件

徳間書店　1988.5.31
徳間文庫（改題「北八ヶ岳縞枯山殺人事件」）　1991.7.15
桃園書房（改題「北八ヶ岳縞枯山殺人事件」）　2001.3.15
ワンツーマガジン社（改題「北八ヶ岳縞枯山殺人事件」）2007.11.20

23　飛驒泣き殺人事件

立風書房　1988.9.20
徳間文庫　1991.11.15
日文文庫（改題「飛驒岩稜殺人事件」）　1999.2.25
ワンツーマガジン社（改題「北アルプス飛驒泣き殺人事件」）　2004.7.20

24　背徳の午後

角川文庫　1988.11.30
コスミックインターナショナル（改題「背徳の山嶺」）1995.12.15

25　密殺連峰

角川書店　1989.1.25
徳間文庫（改題「鹿島槍ヶ岳殺人事件」）　1993.1.15
桃園文庫（改題「鹿島槍ヶ岳殺人事件」）　2002.9.15

26　大雪山殺人事件

廣済堂出版　1989.3.15

廣済堂文庫　1991.12.10
青樹社　1996.3.30
桃園文庫　1999.2.15
有楽出版社　2007.3.10

27　雪渓下の密室　＊
光文社文庫　1989.3.20
日文文庫　2001.2.25
桃園文庫（改題「九月の渓で」）　2005.4.15

28　怨殺白馬岳
桃園書房　1989.4.15
ノン・ポシェット（改題「北アルプス白馬岳の殺人」）
1993.12.20
ケイブンシャ文庫（改題「北アルプス白馬岳殺人連鎖」）
2001.8.15

29　木曾御岳殺人事件
徳間書店　1989.5.31
徳間文庫　1992.4.15
日文文庫　1999.9.25
桃園文庫　2006.6.15
文芸社文庫（改題「木曾御岳　殺人山行」）　2019.8.15

30　殺人氷壁
光文社　1989.6.25
光文社文庫　1993.3.20
ケイブンシャ文庫　2001.2.15
桃園文庫　2006.1.15

31　穂高殺人連峰
立風書房　1989.7.30
徳間文庫　1992.9.15
日文文庫　2000.1.25
ワンツーマガジン社　2004.1.20

32　**梓川　清流の殺意**

祥伝社　1990.1.30

ノン・ポシェット（改題「信濃梓川　清流の殺意」）

1993.6.20

33　**八甲田山死の誘い**

廣済堂出版　1990.3.10

廣済堂文庫　1992.4.1

青樹社　1997.11.10

桃園文庫　2003.1.15

有楽出版社　2011.8.15

34　**八ヶ岳　石の血痕**

徳間書店　1990.4.30

徳間文庫　1993.5.15

ケイブンシャ文庫　2001.12.15

桃園文庫　2006.11.15

35　**中央アルプス殺人事件**

大陸書房　1990.6.5

大陸文庫　1992.7.17

廣済堂文庫　1995.11.1

勁文社　2000.10.15

桃園文庫　2005.9.15

広済堂文庫【改訂版】　2011.10.1

36　**上高地発殺意の墓標　＊**

天山出版　1990.7.5

天山文庫　1992.5.6

コスミックインターナショナル　1993.7.15

日文文庫　1998.8.25

37　**槍ヶ岳白い凶器**

立風書房　1990.7.31

徳間文庫　1993.9.15

廣済堂文庫　2001. 3. 5
ワンツーマガジン社　2005. 6. 20

38　**冷血山地**
光文社　1990. 9. 25
光文社文庫　1994. 3. 20
日文文庫　2001. 9. 25

39　**北上川殺人夜曲**
祥伝社　1990. 10. 25
ノン・ポシェット（改題「北上川殺人事件」）　1994. 4. 20
桃園文庫（改題「北上川殺人事件」）　2002. 1. 15
ワンツーマガジン社（改題「北上川殺人事件」）
2005. 11. 20

40　**血の中の砂漠**
廣済堂出版　1990. 12. 15
廣済堂文庫　1994. 2. 1

41　**谷川岳　霧の殺意**
徳間書店　1990. 12. 31
徳間文庫　1994. 1. 15
廣済堂文庫　2001. 6. 1
ワンツーマガジン社　2006. 11. 20

42　**白馬岳風雪の殺人**
天山出版　1991. 3. 5
飛天文庫　1993. 2. 5
青樹社　1998. 8. 30
廣済堂文庫　2002. 6. 1
有楽出版社　2011. 2. 25

43　**鳥海山殺人渓谷**
廣済堂出版　1991. 5. 10
廣済堂文庫　1994. 11. 1
青樹社　1999. 10. 10

桃園文庫　2003.5.15
有楽出版社　2010.7.15

44　黒部殺人源流
徳間書店　1991.5.31
徳間文庫　1994.4.15
コスミックインターナショナル　2005.6.25

45　石狩川殺人水系
祥伝社　1991.7.20
ノン・ポシェット（改題「石狩川殺人事件」）　1997.1.20
桃園文庫（改題「石狩川　北の殺意」）　2007.4.15

46　立山連峰殺人事件
立風書房　1991.7.31
徳間文庫　1994.10.15
有楽出版社　2003.2.25

47　黒い岩壁　＊
廣済堂出版　1991.9.10
廣済堂文庫　1995.3.1
青樹社　2001.4.10

48　月光の岩稜　＊
大陸書房　1991.11.3
有楽出版社（改題「蓼科高原殺人事件」）　1993.12.25
光文社文庫　1996.7.20
廣済堂文庫　2002.3.1

49　西穂高殺人事件
大陸書房　1991.11.19
有楽出版社　1993.7.25
ノン・ポシェット（改題「西穂高白銀の疑惑」）
1995.6.20
桃園文庫（改題「西穂高白銀の疑惑」）　2004.11.15

50　屋久島殺人原始林

徳間書店　1991. 11. 30
徳間文庫　1995. 2. 15

51　**霧ヶ峰殺人高原**
天山出版　1992. 1. 25
飛天文庫　1994. 8. 5
青樹社　1998. 3. 10
廣済堂文庫　2001. 11. 1
ワンツーマガジン社　2006. 6. 20

52　**凍血樹林**
双葉社　1992. 4. 20
双葉文庫　1994. 7. 15
青樹社　1997. 6. 30
桃園文庫　2004. 1. 15
有楽出版社　2009. 1. 25

53　**南信州殺人神楽**
徳間書店　1992. 5. 31
徳間文庫　1995. 7. 15

54　**北アルプス冬の罠　*
天山出版　1992. 7. 2
飛天文庫　1995. 3. 6
徳間文庫　2008. 3. 15

55　**出羽殺人三山**
廣済堂出版　1992. 7. 10
廣済堂文庫（改題「出羽三山殺人事件」）　1996. 7. 1
青樹社（改題「出羽三山殺人事件」）　2000. 11. 10
コスミックインターナショナル（改題「出羽三山殺人事件」）　2004. 9. 15
有楽出版社（改題「出羽三山殺人事件」）　2013. 12. 5

56　**死化粧山脈　*
立風書房　1992. 7. 30

徳間文庫　1996.1.15

57　**修羅の高峰　＊**

桃園書房　1992.8.15

ケイブンシャ文庫　1996.1.15

58　**長良川美女の交錯**

祥伝社　1992.10.30

ノン・ポシェット（改題「長良川殺人事件」）　1998.1.20

59　**北岳殺意の岩壁**

青樹社　1992.11.30

徳間文庫　1997.1.15

ワンツーマガジン社　2004.12.25

ナショナル出版　2010.1.28

60　**霧多布殺人湿原**

徳間書店　1992.12.31

徳間文庫　1996.7.15

61　**奥入瀬殺人渓流**

光文社　1993.3.25

光文社文庫　1997.1.20

有楽出版社　2006.5.25

62　**爺ヶ岳殺人事件**

有楽出版社　1993.4.25

ノン・ポシェット（改題「北アルプス爺ヶ岳の惨劇」）
1996.6.20

63　**殺人氷河**

廣済堂出版　1993.5.10

廣済堂文庫　1997.2.1

青樹社　2001.12.10

有楽出版社　2010.1.25

64　**赤岳殺人暗流**

徳間書店　1993.5.31

徳間文庫　1997.9.15
ナショナル出版　2009.10.10

65　怨殺斜面

双葉社　1993.6.25
双葉文庫　1996.10.15
青樹社　2000.2.10
ナショナル出版（改題「上高地岳沢怨殺斜面」）2009.12.12

66　針ノ木岳殺人事件

立風書房　1993.7.30
徳間文庫　1997.12.15
有楽出版社　2007.08.15

67　血の雪崩　＊

廣済堂出版　1993.10.10
廣済堂文庫　1998.1.10

68　多摩川殺人事件

祥伝社　1993.10.30
祥伝社文庫　1999.1.20

69　白銀の暗黒　＊

コスミックインターナショナル　1993.11.15
ケイブンシャ文庫　1997.4.15

70　大雪・層雲峡殺人事件

光文社　1993.12.20
光文社文庫　1997.8.20

71　北海道雨竜殺人湿原

徳間書店　1993.12.31
徳間文庫　1998.4.15

72　穂高屏風岩　＊

桃園書房　1994.1.15
飛天文庫　1995.10.5

青樹社　1999. 3. 30
廣済堂文庫（改題「穂高殺意の連環」）　2002. 10. 1
有楽出版社（改題「穂高屏風岩殺人事件」）　2015. 3. 25

73　アルプス殺人舞台　＊
徳間オリオン　1994. 4. 30
徳間文庫　1999. 5. 15

74　信州・佐渡殺人鉱脈
徳間書店　1994. 5. 31
徳間文庫　1998. 8. 15

75　反逆の山
廣済堂出版　1994. 9. 10
廣済堂文庫　1998. 5. 1
有楽出版社　2014. 11. 10
実業之日本社文庫　2019. 8. 15

76　謀殺の鹿島槍　＊
青樹社　1994. 11. 10
青樹社文庫　1999. 7. 20

77　仮面の雪山　＊
桃園書房　1994. 11. 15
ケイブンシャ文庫　1997. 11. 15
有楽出版社　2003. 10. 25

78　燕岳殺人の暦
日本文芸社　1994. 12. 15
日文文庫　1997. 2. 25
ワンツーマガジン社　2003. 8. 20
有楽出版社　2014. 6. 25
文芸社文庫（改題「燕岳　殺人山行」）　2015. 4. 15

79　安曇野殺人旅愁
光文社　1994. 12. 20
光文社文庫　1998. 6. 20

80　相克の断崖
有楽出版社　1995.1.25
光文社文庫（改題「上高地　相克の断崖」）　1998.10.20
81　隅田川赤い源流
祥伝社　1995.3.1
祥伝社文庫（改題「隅田川殺意の源流」）　1999.9.10
82　白神山地殺人事件
徳間書店　1995.3.31
徳間文庫　1998.12.15
ワンツーマガジン社　2007.3.20
83　暗殺
廣済堂出版　1995.5.10
廣済堂文庫（改題「暗殺連峰」）　1998.12.1
有楽出版社（改題「暗殺連峰」）　2013.7.25
84　煉獄の山
双葉社　1995.7.20
双葉社　1997.7.25
双葉文庫　2001.8.20
85　処女山行　＊
光文社文庫　1995.8.20
廣済堂文庫　2004.1.1
86　星砂の島殺人事件
徳間文庫　1995.9.15
有楽出版社（改題「西表背徳の断崖」）　1999.9.25
87　無明山脈
徳間書店　1995.10.31
徳間文庫（改題「殺人連峰」）　1999.9.15
88　知床・羅臼岳殺人慕情
光文社　1995.11.15
光文社文庫　1999.5.20

89　**アルプス殺人縦走**
有楽出版社　1995. 11. 25
光文社文庫　1999. 1. 20
90　**虚線の山**
桃園書房　1996. 2. 15
ケイブンシャ文庫　2000. 1. 15
91　**霞沢岳狂炎の花びら**
廣済堂出版　1996. 3. 10
廣済堂文庫（改題「霞沢岳殺人山行」）　1999. 12. 1
ワンツーマガジン社（改題「霞沢岳殺人山行」）
2003. 4. 25
92　**一ノ俣殺人渓谷**
実業之日本社　1996. 3. 25
光文社文庫　2000. 4. 20
93　**白馬岳殺人事件**
角川書店　1996. 4. 25
角川文庫　2000. 2. 25
有楽出版社　2005. 6. 25
94　**松江・出雲密室殺人事件**
徳間書店　1996. 6. 30
徳間文庫　2000. 6. 15
95　**殺人山行　穂高岳**
光文社　1996. 7. 25
光文社文庫　1999. 8. 20
有楽出版社　2008. 1. 25
文芸社文庫（改題「穂高岳　殺人山行」）　2018. 4. 15
96　**信濃川殺人事件**
祥伝社　1996. 9. 5
祥伝社文庫（改題「信濃川連続殺人」）　2000. 3. 20
97　**修羅の断崖**

有楽出版社　1996.10.25
光文社文庫（改題「北安曇　修羅の断崖」）　2000.11.20
実業之日本社文庫（改題「スーパーあずさ殺人車窓」）
2016.6.15

98　地下山脈
桃園書房　1996.12.15
徳間文庫　1999.12.15

99　迷走山地
角川書店　1997.1.25
角川文庫（改題「摩周湖殺人事件」）　2000.9.25
有楽出版社　2006.1.25

100 百名山殺人事件
徳間書店　1997.1.31
徳間文庫　2002.7.15
文芸社文庫（改題「百名山　殺人山行」）　2017.4.15
徳間文庫【新装版】　2022.7.15

101 殺人山行　餓鬼岳
光文社　1997.3.5
光文社文庫　2000.7.20
文芸社文庫（改題「餓鬼岳　殺人山行」）　2017.8.15

102 千曲川殺人事件
祥伝社　1997.4.30
祥伝社文庫　2000.8.20

103 信濃富士殺人事件
徳間書店　1997.6.30
徳間文庫　2000.10.15

104 裏街山脈
廣済堂出版　1997.9.10
廣済堂文庫　2000.7.15

105 流転山脈

幻冬舎　1997. 12. 5
　幻冬舎文庫　1999. 11. 25
106 八方尾根殺人事件
勁文社　1997. 12. 10
　ケイブンシャ文庫　2000. 7. 15
　徳間文庫　2007. 4. 15
107 穂高・駒ヶ岳殺人回廊
徳間書店　1997. 12. 31
　徳間文庫　2001. 5. 15
108 爆裂火口
桃園書房　1998. 2. 15
　徳間文庫（改題「爆裂火口　東京・上高地殺人ルート」）2001. 2. 15
　実業之日本社文庫（改題「爆裂火口　東京・上高地殺人ルート」）2017. 8. 15
109 殺人山行　剱岳
光文社　1998. 2. 25
　光文社文庫　2001. 7. 20
　文芸社文庫（改題「剱岳　殺人山行」）2015. 10. 15
110 四万十川殺人事件
祥伝社　1998. 4. 10
　祥伝社文庫（改題「四万十川殺意の水面」）2001. 2. 20
111 葬送山脈
実業之日本社　1998. 5. 25
　徳間文庫　2003. 1. 15
112 北アルプス殺人連峰　＊
光文社　1998. 6. 30
　光文社文庫　2002. 2. 20
113 夜叉の断崖
有楽出版社　1998. 7. 25

徳間文庫　2001.9.15

114 穂高吊り尾根殺人事件

徳間書店　1998.7.31

徳間文庫　2002.1.15

115 砂の山稜

桃園書房　1998.12.15

光文社文庫　2003.8.20

116 奥上高地殺人事件

角川文庫　1998.12.25

有楽出版社　2002.3.25

117 絶叫山脈

廣済堂出版　1999.1.15

廣済堂文庫　2000.12.1

118 安曇野・乗鞍殺人事件

徳間書店　1999.2.28

徳間文庫　2003.4.15

119 筑後川殺人事件

祥伝社　1999.4.10

祥伝社文庫（改題「筑後川　日田往還の殺人」）
2002.1.20

120 風炎連峰

幻冬舎　1999.4.15

光文社文庫　2002.12.20

121 殺人山行不帰ノ嶮

光文社　1999.7.30

光文社文庫　2002.7.20

文芸社文庫（改題「不帰ノ嶮　殺人山行」）2018.8.15

122 立山雷鳥沢殺人事件

徳間書店　1999.8.31

徳間文庫　2003.8.15

123 穂高殺人ケルン
実業之日本社　1999. 10. 25
光文社文庫　2003. 12. 20
124 死神山脈
桃園書房　1999. 12. 15
徳間文庫（改題「死神山脈　穂高 - 安曇野殺人縦走」）
2004. 3. 31
125 槍ヶ岳幻の追跡
光文社　1999. 12. 20
光文社文庫　2003. 4. 20
文芸社文庫（改題「槍ケ岳　殺人山行」）　2017. 12. 15
126 納沙布岬殺人事件
祥伝社　2000. 2. 20
祥伝社文庫　2002. 8. 1
127 吉野山・常念岳殺人回廊
徳間書店　2000. 3. 31
徳間文庫　2004. 7. 15
128 札幌殺人夜曲
青樹社　2000. 5. 10
徳間文庫　2004. 11. 15
実業之日本社　2016. 10. 1
129 崩壊山脈
勁文社　2000. 7. 10
廣済堂文庫　2003. 8. 1
130 上高地・大雪殺人孤影
実業之日本社　2000. 7. 25
徳間文庫　2005. 12. 15
131 尾瀬ヶ原殺人事件
徳間書店　2000. 10. 31
徳間文庫　2005. 3. 15

132 **殺人山行八ヶ岳**
光文社　2001. 2. 25
光文社文庫　2004. 5. 20
文芸社文庫（改題「八ケ岳　殺人山行」）2016. 6. 15
133 **屍たちの領域**
小学館　2001. 4. 10
光文社文庫　2005. 10. 20
134 **南紀潮岬殺人事件**
祥伝社　2001. 6. 10
祥伝社文庫（改題「紀伊半島　潮岬殺人事件」）
2003. 7. 20
135 **湿原に消えた女　＊**
祥伝社文庫　2001. 6. 20
136 **穂高雪山殺人迷路**
徳間書店　2001. 7. 31
徳間文庫　2005. 9. 15
137 **摩周湖　黒衣の女**
青樹社　2001. 8. 10
徳間文庫　2005. 6. 15
138 **蝶ヶ岳殺人事件**
実業之日本社　2001. 9. 25
光文社文庫　2004. 10. 28
139 **殺人山行燕岳**
光文社　2002. 3. 5
光文社文庫　2004. 4. 20
140 **蔵王高原殺人事件**
徳間書店　2002. 3. 31
徳間文庫　2006. 4. 15
141 **越前岬殺人事件**
祥伝社　2002. 6. 20

　　祥伝社文庫　2005.12.20
142 謀殺　北穂高岳
　実業之日本社　2002.8.20
　　光文社文庫　2006.5.20
　　文芸社文庫（改題「北穂高岳　殺人山行」）　2019.2.15
143 焼岳殺意の彷徨
　徳間書店　2003.2.28
　　徳間文庫　2006.7.15
144 殺人山行恐山
　光文社　2003.5.25
　　光文社文庫　2006.10.20
145 霧の中の巨人
　祥伝社　2003.11.30
　　祥伝社文庫（改題「回想・松本清張　私だけが知る巨人の素顔」）　2009.10.20
146 薩摩半島知覧殺人事件
　祥伝社　2004.2.30
　　祥伝社文庫　2007.3.20
147 信州春山殺人事件
　実業之日本社　2004.5.25
　　徳間文庫　2007.7.15
148 草津・白根殺人回廊
　徳間書店　2004.7.31
　　徳間文庫　2006.11.15
149 稚内殺人旅情
　光文社　2004.12.20
　　光文社文庫　2007.10.20
150 怪殺日光・戦場ヶ原
　徳間書店　2005.1.31
　　徳間文庫　2009.1.15

151 最上川殺人事件
祥伝社　2005. 5. 30
祥伝社文庫　2008. 6. 20
152 奥能登幻の女
光文社　2005. 8. 25
光文社文庫　2008. 8. 20
153 怨殺　西穂高独標
実業之日本社　2005. 11. 20
光文社文庫　2008. 11. 20
154 奥飛騨・穂高殺人怪路
徳間書店　2006. 3. 31
徳間文庫　2008. 7. 15
155 天竜川殺人事件
祥伝社　2006. 5. 20
祥伝社文庫　2009. 6. 20
156 北アルプスから来た刑事
有楽出版社　2006. 9. 15
光文社文庫　2009. 12. 20
157 玄界灘殺人海流
光文社　2006. 11. 25
光文社文庫　2009. 4. 20
158 松島・作並殺人回路
実業之日本社　2007. 1. 25
実業之日本社文庫　2011. 2. 15
159 倉敷・宮島殺人回廊
徳間書店　2007. 2. 28
徳間文庫　2009. 12. 15
160 立山アルペンルート黒部川殺人事件
祥伝社　2007. 6. 10
祥伝社文庫　2010. 2. 20

161 伊勢・志摩殺人光景
光文社　2007. 8. 25
光文社文庫　2010. 9. 20
162 十和田・奥入瀬殺人回流
実業之日本社　2007. 11. 25
実業之日本社文庫　2012. 4. 15
163 天橋立殺人旅愁
徳間書店　2008. 2. 28
徳間文庫　2011. 1. 15
164 釧路川殺人事件
祥伝社　2008. 5. 20
祥伝社文庫　2011. 7. 25
165 雲仙・島原湯煙地獄
光文社　2008. 11. 25
光文社文庫　2011. 4. 20
166 信州安曇野　殺意の追跡
実業之日本社　2008. 12. 25
実業之日本社文庫　2013. 4. 15
167 殺人鉱脈　石見銀山－秋芳洞250キロの怨嗟
徳間書店　2009. 2. 28
徳間文庫　2011. 8. 15
168 笛吹川殺人事件
祥伝社　2009. 5. 20
祥伝社文庫　2012. 6. 20
169 信州穂高婚礼の惨劇　＊
徳間文庫　2009. 7. 15
170 秋山郷 殺人秘境
実業之日本社　2009. 11. 25
実業之日本社文庫　2013. 12. 15
171 山岳鉄道殺人連鎖

光文社　2010. 1. 25
光文社文庫　2012. 9. 20
172 北海道・神威岬の殺人
徳間書店　2010. 2. 28
徳間文庫　2012. 12. 15
173 九月の渓で　＊
光文社文庫　2010. 4. 20
174 紀の川殺人事件
祥伝社　2010. 6. 20
祥伝社文庫　2013. 6. 20
175 遠山郷雲海の殺人
徳間文庫　2010. 8. 15
176 瀬戸内・鞆の浦殺人航跡
光文社　2010. 11. 25
光文社文庫　2013. 1. 20
177 高尾山　魔界の彷徨
実業之日本社　2011. 1. 25
実業之日本社文庫　2014. 6. 15
178 阿蘇・黒川温泉怪殺迷路
徳間書店　2011. 3. 31
徳間文庫　2013. 8. 15
179 京都　保津川殺人事件
祥伝社　2011. 8. 10
祥伝社文庫　2014. 6. 20
180 神戸・六甲山殺人夜色
光文社　2011. 10. 20
光文社文庫　2014. 4. 20
181 富士五湖　氷穴の殺人
実業之日本社　2011. 12. 15
実業之日本社文庫　2014. 12. 15

182 常念岳一ノ沢の死角　＊
光文社文庫　2012. 2. 20
183 箱根・芦ノ湖殺人特急
徳間書店　2012. 3. 31
徳間文庫　2015. 10. 15
184 京都　鴨川殺人事件
祥伝社　2012. 8. 10
祥伝社文庫　2015. 6. 20
185 平泉・早池峰殺人蛍
光文社　2012. 10. 20
光文社文庫　2015. 5. 20
186 長崎・有田殺人窯変
実業之日本社　2012. 12. 25
実業之日本社文庫　2015. 6. 15
187 八ケ岳野辺山の殺人
徳間書店　2013. 3. 31
徳間文庫　2016. 5. 15
188 日光　鬼怒川殺人事件
祥伝社　2013. 7. 30
祥伝社文庫　2016. 6. 20
189 伊良湖岬殺人水道
光文社　2013. 10. 20
光文社文庫　2016. 4. 20
190 旭川・大雪　白い殺人者
実業之日本社　2013. 12. 20
実業之日本社文庫　2015. 12. 15
191 京都・大和路殺人事件
徳間書店　2014. 3. 31
徳間文庫　2017. 4. 15
192 神田川殺人事件

祥伝社　2014.7.30
祥伝社文庫　2017.6.20

193 三保ノ松原殺人事件
光文社　2014.10.20
光文社文庫　2016.12.20

194 姫路・城崎温泉殺人怪道
実業之日本社　2015.1.20
実業之日本社文庫　2016.12.15

195 京都・近江路殺人事件
徳間書店　2015.5.31
徳間文庫　2017.8.15

196 金沢　男川女川殺人事件
祥伝社　2015.7.30
祥伝社文庫　2018.6.20

197 道後温泉・石鎚山殺人事件
光文社　2015.10.20
光文社文庫　2017.11.20

198 函館殺人坂
実業之日本社　2016.1.20
実業之日本社文庫　2017.12.15

199 京都・高野路殺人事件
徳間書店　2016.5.31
徳間文庫　2018.3.15

200 安芸広島　水の都の殺人
祥伝社　2016.7.20
祥伝社文庫　2019.6.20

201 越後・八海山殺人事件
光文社　2016.10.20
光文社文庫　2018.10.20

202 遠州浜松殺人奏曲

実業之日本社　2017.1.20
実業之日本社文庫　2020.6.15
203 京都・舞鶴殺人事件
徳間書店　2017.9.30
徳間文庫　2019.3.15
204 博多　那珂川殺人事件
祥伝社　2017.10.20
祥伝社文庫　2020.6.20
205 松本・梓川殺人事件
光文社　2018.2.20
光文社文庫　2020.2.20
206 天城越え殺人事件
実業之日本社　2018.5.1
実業之日本社文庫　2021.4.15
207 松本－鹿児島殺人連鎖
徳間書店　2018.9.30
徳間文庫　2020.3.15
208 倉敷　高梁川の殺意
祥伝社　2018.11.20
祥伝社文庫　2021.6.20
209 信州・善光寺殺人事件
光文社　2019.3.30
光文社文庫　2021.4.20
210 津軽龍飛崎殺人紀行
実業之日本社　2019.6.25
実業之日本社文庫　2022.4.15
211 黒白の起点　飛驒高山殺意の交差
徳間書店　2019.10.31
徳間文庫　2021.2.15
212 木曽川　哀しみの殺人連鎖

祥伝社　2019.11.20
　祥伝社文庫　2022.7.20
213 小倉・関門海峡殺人事件
光文社　2020.4.30
　光文社文庫　2022.10.20
214 男鹿半島北緯40度の殺人
実業之日本社　2020.6.20
215 信州・諏訪湖連続殺人
徳間書店　2020.8.31
　徳間文庫　2022.2.15
216 大井川殺人事件
祥伝社　2020.11.20
217 小布施・地獄谷殺人事件
光文社　2021.3.30
218 越後・親不知翡翠の殺人
実業之日本社　2021.7.1
219 信州・塩尻峠殺人事件
徳間書店　2021.10.31
220 急流・富士川殺意の悔恨
祥伝社　2022.1.20
221 白馬八方尾根殺人事件
光文社　2022.4.30
222 京都・化野殺人怪路
実業之日本社　2022.8.10
223 松本－日本平殺人連鎖
徳間書店　2022.10.31